宋韵文化生活系列丛书

应雪林　主编

SHI YANG
NIANHUA

诗样年华

沈晔冰　著

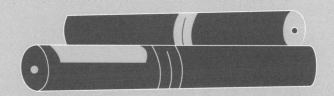

杭州出版社

图书在版编目（CIP）数据

诗样年华 / 沈晔冰著 . -- 杭州：杭州出版社，
2023.4
　（宋韵文化生活系列丛书）
　ISBN 978-7-5565-2015-2

　Ⅰ．①诗… Ⅱ．①沈… Ⅲ．①宋诗－诗歌评论 Ⅳ．
① I222.744

中国国家版本馆 CIP 数据核字（2023）第 000602 号

项目统筹　杨清华

SHI YANG NIANHUA
诗样年华

沈晔冰　著

责任编辑　徐玲梅
责任校对　刘仲喆
美术编辑　卢晓明
责任印务　姚　霖
装帧设计　蔡海东　倪　欣
插　　图　陈姿羽　陈祾祎
出版发行　杭州出版社（杭州市西湖文化广场 32 号 6 楼）
　　　　　电话：0571-87997719　邮编：310014
　　　　　网址：www.hzcbs.com
印　　刷　浙江海虹彩色印务有限公司
经　　销　新华书店
开　　本　710 mm×1000 mm　1/16
印　　张　13
字　　数　168 千
版 印 次　2023 年 4 月第 1 版　2023 年 4 月第 1 次印刷
书　　号　ISBN 978-7-5565-2015-2
定　　价　128.00 元

浙江文化研究工程成果文库总序

（签名）

　　有人将文化比作一条来自老祖宗而又流向未来的河，这是说文化的传统，通过纵向传承和横向传递，生生不息地影响和引领着人们的生存与发展；有人说文化是人类的思想、智慧、信仰、情感和生活的载体、方式和方法，这是将文化作为人们代代相传的生活方式的整体。我们说，文化为群体生活提供规范、方式与环境，文化通过传承为社会进步发挥基础作用，文化会促进或制约经济乃至整个社会的发展。文化的力量，已经深深熔铸在民族的生命力、创造力和凝聚力之中。

　　在人类文化演化的进程中，各种文化都在其内部生成众多的元素、层次与类型，由此决定了文化的多样性与复杂性。

　　中国文化的博大精深，来源于其内部生成的多姿多彩；中国文化的历久弥新，取决于其变迁过程中各种元素、层次、类型在内容和结构上通过碰撞、解构、融合而产生的革故鼎新的强大动力。

　　中国土地广袤、疆域辽阔，不同区域间因自然环境、经济环境、社会环境等诸多方面的差异，建构了不同的区域文化。区域文化如同百川归海，共同汇聚成中国文化的大传统，这种大传统如同春风化雨，渗透于各种区域文化之中。在这个过程中，区域文化如同清溪山泉潺潺不息，在中国文化的共同价值取向下，以自己的独特个性支撑着、引领着本地经济社会的发展。

从区域文化入手，对一地文化的历史与现状展开全面、系统、扎实、有序的研究，一方面可以藉此梳理和弘扬当地的历史传统和文化资源，繁荣和丰富当代的先进文化建设活动，规划和指导未来的文化发展蓝图，增强文化软实力，为全面建设小康社会、加快推进社会主义现代化提供思想保证、精神动力、智力支持和舆论力量；另一方面，这也是深入了解中国文化、研究中国文化、发展中国文化、创新中国文化的重要途径之一。如今，区域文化研究日益受到各地重视，成为我国文化研究走向深入的一个重要标志。我们今天实施浙江文化研究工程，其目的和意义也在于此。

千百年来，浙江人民积淀和传承了一个底蕴深厚的文化传统。这种文化传统的独特性，正在于它令人惊叹的富于创造力的智慧和力量。

浙江文化中富于创造力的基因，早早地出现在其历史的源头。在浙江新石器时代最为著名的跨湖桥、河姆渡、马家浜和良渚的考古文化中，浙江先民们都以不同凡响的作为，在中华民族的文明之源留下了创造和进步的印记。

浙江人民在与时俱进的历史轨迹上一路走来，秉承富于创造力的文化传统，这深深地融汇在一代代浙江人民的血液中，体现在浙江人民的行为上，也在浙江历史上众多杰出人物身上得到充分展示。从大禹的因势利导、敬业治水，到勾践的卧薪尝胆、励精图治；从钱氏的保境安民、纳土归宋，到胡则的为官一任、造福一方；从岳飞、于谦的精忠报国、清白一生，到方孝孺、张苍水的刚正不阿、以身殉国；从沈括的博学多识、精研深究，到竺可桢的科学救国、求是一生；无论是陈亮、叶适的经世致用，还是黄宗羲的工商皆本；无论是王充、王阳明的批判、自觉，还是龚自珍、蔡元培的开明、开放，等等，都展示了浙江深厚的文化底蕴，凝聚了浙江人民求真务实的创造精神。

代代相传的文化创造的作为和精神，从观念、态度、行为方式和价值取向上，孕育、形成和发展了渊源有自的浙江地域文化传统和与时俱进的浙江文化精神，她滋育着浙江的生命力、催生着浙江的凝聚力、激发着浙江的创造力、培植着浙江的竞争力，激励着浙江人民永不自满、永不停息，在各个不同的历史时期不断地超越自我、创业奋进。

悠久深厚、意韵丰富的浙江文化传统，是历史赐予我们的宝贵财富，也是我们开拓未来的丰富资源和不竭动力。党的十六大以来推进浙江新发展的实践，使我们越来越深刻地认识到，与国家实施改革开放大政方针相伴随的浙江经济社会持续快速健康发展的深层原因，就在于浙江深厚的文化底蕴和文化传统与当今时代精神的有机结合，就在于发展先进生产力与发展先进文化的有机结合。今后一个时期浙江能否在全面建设小康社会、加快社会主义现代化建设进程中继续走在前列，很大程度上取决于我们对文化力量的深刻认识、对发展先进文化的高度自觉和对加快建设文化大省的工作力度。我们应该看到，文化的力量最终可以转化为物质的力量，文化的软实力最终可以转化为经济的硬实力。文化要素是综合竞争力的核心要素，文化资源是经济社会发展的重要资源，文化素质是领导者和劳动者的首要素质。因此，研究浙江文化的历史与现状，增强文化软实力，为浙江的现代化建设服务，是浙江人民的共同事业，也是浙江各级党委、政府的重要使命和责任。

2005 年 7 月召开的中共浙江省委十一届八次全会，作出《关于加快建设文化大省的决定》，提出要从增强先进文化凝聚力、解放和发展生产力、增强社会公共服务能力入手，大力实施文明素质工程、文化精品工程、文化研究工程、文化保护工程、文化产业促进工程、文化阵地工程、文化传播工程、文化人才工程等"八项工程"，实施科教兴国和人才强国战略，加快建设教育、科技、卫生、体育等"四个强省"。作为文化建设"八项工程"之一的文化研究工程，其任务就是系统研究浙江文化的历史成就和当代发展，深入挖掘浙江文化底蕴、研究浙江现象、总结浙江经验、指导浙江未来的发展。

浙江文化研究工程将重点研究"今、古、人、文"四个方面,即围绕浙江当代发展问题研究、浙江历史文化专题研究、浙江名人研究、浙江历史文献整理四大板块,开展系统研究,出版系列丛书。在研究内容上,深入挖掘浙江文化底蕴,系统梳理和分析浙江历史文化的内部结构、变化规律和地域特色,坚持和发展浙江精神;研究浙江文化与其他地域文化的异同,厘清浙江文化在中国文化中的地位和相互影响的关系;围绕浙江生动的当代实践,深入解读浙江现象,总结浙江经验,指导浙江发展。在研究力量上,通过课题组织、出版资助、重点研究基地建设、加强省内外大院名校合作、整合各地各部门力量等途径,形成上下联动、学界互动的整体合力。在成果运用上,注重研究成果的学术价值和应用价值,充分发挥其认识世界、传承文明、创新理论、咨政育人、服务社会的重要作用。

我们希望通过实施浙江文化研究工程,努力用浙江历史教育浙江人民、用浙江文化熏陶浙江人民、用浙江精神鼓舞浙江人民、用浙江经验引领浙江人民,进一步激发浙江人民的无穷智慧和伟大创造能力,推动浙江实现又快又好发展。

今天,我们踏着来自历史的河流,受着一方百姓的期许,理应负起使命,至诚奉献,让我们的文化绵延不绝,让我们的创造生生不息。

2006 年 5 月 30 日于杭州

让我们回望千年，一同走进宋人的世界

目 录
Contents

绪　论　　　　　　　　　　　　　　　1

春阴草青青

王禹偁　寇准　林逋　杨亿
梅尧臣　欧阳修　苏舜钦

一晴觉夏深　　　　　　　　　　　　61

王安石　苏轼　黄庭坚　陈师道

秋在斜阳外　　　　　　　　　　　121

李清照　陈与义　陆游　范成大
尤袤　杨万里　朱熹

日暮冬成雪　　　　　　　　　　　157

徐照　徐玑　翁卷　赵师秀　姜夔
林升　戴复古　叶绍翁　刘克庄　文天祥

参考文献　　　　　　　　　　　　183

后　记　　　　　　　　　　　　　185

"宋韵文化生活系列丛书"跋　　　189

绪　论

　　宋王朝历史很特别，经历了北宋和南宋两个时期。其中的北宋王朝有一百六十七年时间，首都汴京，也就是今天的河南省开封市。南宋王朝有一百五十二年时间，共三百一十九年。在这几百年间，对外主要是辽、金、西夏和蒙古（元朝），战乱纷飞没有停止过，但是宋朝有个特别的现象，国内总体是安宁的，少有内战和内乱。宋朝注重文官，他们基本是具有文学和哲学教养的知识分子。其中，北宋的王安石就是兼诗人、学者、宰相于一身的人物，还有北宋的欧阳修，南宋的陈与义、范成大、文天祥，都有过当宰相的经历。宋代最伟大的诗人苏轼虽不是宰相，但也曾先后担任吏部尚书（未赴任）、兵部尚书、礼部尚书。宋朝极少有身为宰相、尚书而不会作诗、不谈论哲学的文官。

　　知识分子多了政治党派间的争斗，也就是所谓的"党争"是难免的，但宋朝原则上禁忌杀戮，成了中国历史上相对没有血腥味的时代。在这样和平安宁的基础上，正因为内部安定，宋朝的文化百花齐放，思想百家争鸣，宋朝是文化性和思想性最强的一个朝代。尤其文学获得巨大发展，诗则是其中的重要部分，是文学中心。清人厉鹗所编的《宋诗纪事》，是宋诗传记集中最好的一种。其自序称记载了南北宋诗人总计三千八百一十二人。南宋代表诗人陆游的诗，流传至今的有九千多首，而且主要是他四十岁以后的诗作。此外，梅尧臣的诗也有两千八百多首，王安石有一千六百多首，苏轼有两千七百多首，范成大有一千九百多首，杨万里有四千多首，等等。现存宋诗的数量远超现存唐诗。

在中国文学史上，对于宋诗的研究和重视始于清代，钱谦益、黄宗羲等认为宋诗与宋词是并列的文坛奇峰。陈衍在《宋诗精华录》中将宋诗分成了四个发展脉络：元丰、元祐以前为初宋，元丰、元祐至北宋末为盛宋，南渡后陈与义及"南宋四大家（中兴四大家）"为中宋，"永嘉四灵"后为晚宋。宋诗也犹如一幅画，让我们打开宋诗卷轴，一起走进宋诗，看看宋诗四个时期出现的代表性诗人和宋诗整体的特点。

宋诗"以文为诗"，具有强烈的叙述性。宋人写的诗，在表达情感的同时，也表达理性的思考。因此诗言的叙述性很强，常用散文的语言叙述表达的内容，北宋的欧阳修就是这个诗风的改革者和创始者。他的诗中已经有若干这样的作品。宋诗和生活紧密相连，注重对日常生活的观察和描述，也注重反映社会现实。苏轼《小儿》中写的"小儿不识愁，起坐牵我衣"，及和苏轼政治立场相反的王安石《酬冲卿月晦夜有感》诗中写的"夜云不见天，况乃星与月。萧萧暗尘走，坎坎寒更发"，都是着眼于都市日常生活的。而农村的日常生活，则更为频繁并且更为细微地出现在诗中。北宋苏轼的弟子秦观和南宋的陆游、范成大非常擅长写农村日常生活。宋诗善于贴近生活，把在生活中常见的情、事、景、境用清朗明丽的词句表达出来。宋诗是非常充满社会责任感的，不仅关注日常生活的细微处，而且对社会、对国家大集团的敏锐度是前所未有的。"以文为诗"唯一的弱点可能就是失去了诗的起承转合的韵味。

宋诗"以议论为诗"或称"以理为诗"，具有很强的哲学性、论理性，存在着现实主义的倾向。宋朝是中国哲学的成熟期。从北宋的周敦颐开始，到程颢、程颐兄弟，到南宋的朱熹主张"理学""道学"，其思想都是体系化的集大成的哲学思想。诗人和大哲学家或是好友，或是异己。北宋欧阳修、王安石、苏轼，南宋的杨万里都是哲学典籍的注释者。南宋陆游虽因不想诗言枯燥而表明不谈哲学，但其诗《冬夜读书示子聿》中的"纸上得来终觉浅，绝知此事要躬行"也是寄寓哲理的。宋诗善于挖掘理趣，对哲理、意象、情感、议论进行总结。遇见宋诗，朗读宋诗，仿佛感受自己的人生经历和所想表达的思想。而"以议论为诗"为了体现哲理，也可能会流入虚浮和狡黠。

宋诗"以才学为诗"，宋诗的历史在某种意义上来说是推崇杜甫、表彰杜甫的历史。宋初的欧阳修是韩愈的继承者，继承了过去的形式和内涵。而北宋中期的王安石、苏轼、黄庭坚与南宋的陆游都是杜甫的表彰者、推崇者，尤其是苏轼脱离了宋朝以前诗中的悲哀情境，懂得悲伤但不陷入悲伤，而是以旷达阔远的胸怀来消化悲哀，重建希望。与此同时，"以才学为诗"也会为了力求新变，提高技巧，变得流于形式而忽视了内涵。

宋初诗风承继晚唐，当时有学习白居易而独树一帜的王禹偁，其诗风淳厚写意。有学习晚唐诗人的林逋、潘阆、魏野、惠崇等，诗风平淡高远，以林逋的《山园小梅二首》最为著名。有学习李商隐的杨亿、刘筠、钱惟演等诗人，诗风艳丽工巧，逐渐演变成了西昆体作家。西昆体诗人都是一批讲究风花雪月、奢巧华丽、讲究自我的人，这样的诗风影响了几十年，晏殊、宋祁、赵抃等人基本上都从属于这一派。

欧阳修可以说是开创宋诗诗风的改革者，他语言崇尚浅显易懂、畅达自然，特别推崇韩愈，逐步形成了"以文为诗""以议论为诗"的特点，诗风趋向散文化、议论化。这一特点，成为宋诗区别于唐诗的主要特征。追随欧阳修的诗人主要有苏舜钦、石延年、梅尧臣等。苏舜钦诗清丽畅达，石延年诗古朴淡雅，成就最高的是梅尧臣，诗有讽喻劝诫作用。在欧、梅等人的提倡推动下，宋诗日益走向繁荣，到了宋仁宗、宋神宗时期，出现了王安石和苏轼这样才高八斗的大家。

苏轼是宋代最伟大的文学家，诗、文、词都达到了宋代文学的巅峰，其诗题材多样，内容丰富，从政治党争到日常生活，从自然风物再到风俗习惯，这些都可入他的诗眼，风格豪迈开放，有时又清新别致。苏轼绝对是宋朝当时的诗坛领袖，有一批推崇他、学习他的诗人，互相探讨唱和，其中最著名的是被称为"苏门四学士"的黄庭坚、秦观、张耒、晁补之，及陈师道、文同等人。他们文学观各异，创作手法也各异，如：秦观诗清婉雅丽，黄庭坚诗"以俗为雅，以故为新"，陈师道诗自然清新，陈与义诗明净雄阔。黄庭坚通过自己实践，创立了江西诗派，当时的江西诗派是宋代最重要的文学流派，对宋和明清两代都有影响。到方回时，还就"江西诗派"的诗风和代表作家提出了"一祖（杜甫）、三宗（黄庭坚、陈师道、陈与义）"之说。

北宋灭亡后，南宋诗人名声最大的是"中兴四大家"，即陆游、杨万里、范成大、尤袤四人。其中，陆游是我国历史上最伟大的爱国诗人之一，他的诗酣畅淋漓，悲壮豪放。杨万里的诗典雅鲜明，被称为"诚斋体"。范成大的诗深婉含蓄，其晚年因写大量的田园诗而享有盛名，被称为"田园诗人"。南宋诗坛之后没有再出现像"中兴四大家"的大家，朱熹等人只是有一两句可读可思的诗句，没有形成自己独特的可占领诗坛风骚的诗。

值得一提的还有南宋后期的四灵诗派和江湖诗派。四灵诗派由徐照、徐玑、翁卷、赵师秀四人组成，因都是永嘉人，字号中皆有"灵"字，故被称为"永嘉四灵"。四灵诗派反对江西诗派，诗学晚唐，弃用典故，善用白描，诗风清新秀丽。而江湖诗派主要由江湖布衣或小官组成，陈起将他们的诗集《江湖集》刊发后，随即被后人称为"江湖诗派"。其中，姜夔诗情韵皆胜，戴复古诗沉着悲壮，刘克庄诗老练阔远，他们也是当时的名家。

宋末，与江湖诗派并行的还有一批爱国诗人，著名的有文天祥、谢翱、林景熙等。他们写的诗时常抒发爱国情感，反抗外敌入侵，时时寄托家国之感，寄托亡国之悲，宋诗便在壮烈的情怀中合拢了卷轴。

一段短暂的宋诗概览序曲后，让我们再度展开宋诗的画卷，去见宋诗中宋人思想之精微内敛，深刻含蓄；去见宋诗中宋人心情之婉丽隽永，豪迈洒脱；去见宋诗中宋人所好之美在态而不在形，重澄澈而不重华丽。在太阳闪耀或星星闪烁中，去体味宋这个时代，去把握诗在宋代文学中的地位，去感受宋诗的叙述性，宋诗的社会责任感，宋诗的哲学性、论理性，宋诗的达观豪气的人生观，我们最终一定会在欣赏宋诗的过程中，自然而然探寻到宋诗在诗史上的意义。

春阴草青青

诗样年华 SHI YANG NIANHUA

一、王禹偁——中正平和"义易晓"

在北宋初期，还是有着"为赋新词强说愁"的写诗观念。在唐末五代的乱世间，读书人不太受到国家的重视，处于不得志的时代，发一些悲伤的诗是可以理解的。但是到了北宋，过去可能是布衣的人通过考试可以身居要职，所以在北宋初期如寇准这样一批写诗的人是和时代格格不入的。在这样的情况下，文学的新气象也慢慢出现，比如杨亿写了五律《狱多重囚》、七律《民牛多疫死》这样的作品，已经表现出对政治社会的关心，也为以后宋诗的发展开启了一个新方向。而这时的王禹偁可以说是这个新方向的先驱者。他因为做过黄州知州，所以也叫作王黄州。公元954年，他生于济州巨野（今属山东）一个兼营磨坊的农家，在很小的时候就表现出文学的才华，被地方官毕士安所赏识，在宋太宗太平兴国八年（983）擢进士后，有时在京为官，有时被贬到地方为官。一生浮沉流转于官场之中，但他的诗区别于当时的主流"西昆体"，而是关心民生，以叙事为主，表达自己的思想，这种诗风在当时是相当少有的。

（一）

王禹偁非常尊重唐朝的诗人李白、杜甫和白居易，尤其敬羡杜甫的诗风。他盛赞杜甫的诗集是"子美集开诗世界"。当时的诗风讲究辞藻，王禹偁在《赠朱严》一诗里却说："谁怜所好还同我，韩柳文章李杜诗。"在《寄题陕府南溪兼简孙何兄弟》诗里，也有"篇章取李杜""古文阅韩柳"之类的句子。在他的诗文别集《小畜集》里，留下了一些长篇如《对雪》这样的叙述诗，充满着对政治社会和底层老百姓的关心，在宋代初期是例外和清新的现象。如《感流亡》这首五言长诗是叙述他在商州（治今陕西商洛市商州区）做官时，有一个冬天，坐在官邸的阳台上晒太阳，看到有"老翁与病妪，头鬓皆皤然。呱呱三儿泣，茕茕一夫鳏"。一问才知道，他们是从长安逃荒而来的。于是在写了"襁负且乞丐，冻馁复险艰"的流亡经过之后，为自己无功而受禄的官吏生活感到无限内疚。这首诗有四十四句，像这样的诗，就长度与内容来说，在宋诗里是相当少见的。再以一首七言律诗为例：

村 行

马穿山径菊初黄，信马悠悠野兴长。

万壑有声含晚籁，数峰无语立斜阳。

棠梨叶落燕脂色，荞麦花开白雪香。

何事吟余忽惆怅，村桥原树似吾乡。

这首诗，是王禹偁在宋太宗淳化二年（991）被贬为商州团练副使时写的。当时庐州尼姑道安诬陷好友徐铉，任大理寺卿的王禹偁为其雪诬，而道安当以反坐论罪，但有诏令不对道安治罪，后王禹偁抗疏触怒太宗，从开封被贬官到商州。他在《听泉》中讲到了当时被贬的情态："平生诗句多山水，谪宦谁知是胜游。"在"商山五百五十日"作了不少写景抒情的诗，而《村行》是其中非常出色的一首。

诗一开始，有一匹马洒脱地穿行在黄菊夹道的山路上，动人的场景扑面而来。马儿悠然自得，而人也是游兴正足，贪恋这秋景秋色。颔联紧接着写由下而上、由深而高的景致，山壑众多，山泉淙淙而流。"数峰无语立斜阳"，人对山感叹而无言，山对人则默默而"无语"，

王禹偁《村行》诗意图

人景相融，一起欣赏夕阳。颈联从山路上的草木写起，"棠梨叶落燕脂色，荞麦花开白雪香"，色彩纷呈，红白相间，繁花似雪，一片连着一片，铺满山间。尾联，突然悲从中来，在异乡对景而思家了。王禹偁宦游异乡通过写景写事，尽显被贬的惆怅之情，不如归去，但又生出有家难归的郁郁之情。王禹偁能够通过叙事写景表达内心之情，看起来信手拈来，实则也是千锤百炼之所得。他自称"本与乐天为后进，敢期子美是前身"，也确实有白居易七律的风貌。

（二）

王禹偁的《小畜集》三十卷之中，诗歌方面，有古诗四卷，律诗五卷，歌行二卷，大约有五百首诗。自北宋起，或严格地说，从唐末五代以后就进入印刷的版本时代了，这对于宋朝文学的发展与转变产生了推进作用。王禹偁的《小畜集》附有自序，作于咸平三年十二月晦日（1001

年1月26日），约在其死前不久。照当时印刷术的发达而言，这三十卷可能在他去世时已经印了出来。从他写的诗也能追寻他一生官场和生活的轨迹，我们看下面这首诗：

寄砀山主簿朱九龄

忽思蓬岛会群仙，二百同年最少年。

利市襕衫抛白纻，风流名纸写红笺。

歌楼夜宴停银烛，柳巷春泥污锦鞯。

今日折腰尘土里，共君追想好凄然。

朱九龄是诗人的同榜进士，交情深厚。砀山（今属安徽）主簿是朱九龄进士及第后第一个官职，而王禹偁担任成武（今属山东）主簿。这首寄赠诗是王禹偁作于成武县任上。诗人当时是壮志满胸的，对于杂务繁冗的主簿职务是非常不满意的，成武在当时又是一个荒芜又贫瘠的小县城，与繁华的京城有着天壤之别。诗人便回想起进士及第时春风得意的情景，而对当时的处境颇感失望，于是在这样的情境和心境下作了一首七律，寄赠给际遇相似的同年朱九龄，以抒发自己内心的烦闷。美好的生活一旦逝去，就会在回忆中被渲染得更加美好。此诗首联表达了诗人考上进士的欢喜雀跃。考取进士在以前会比喻成"跳龙门"，而诗人则把自己这样的喜事比喻成来到了蓬莱仙境，自己和同时及第者成了里面的神仙。在当时，诗人和朱九龄是两百个同年中年纪较轻的。

当时人们认为能够获得进士换下的襕衫或者皇帝赐予的花是一件非常吉利的事，也好沾一份喜气，尤其是获得少年及第者的襕衫。颔联中抓住细节，一个"抛"字便细腻地描绘了他们脱下白纻襕衫予人争抢的狂喜得意之态。而当时才子们所谓"风流"，无非是在花街柳巷出入。颈联紧承上联对句进一步具体地描述他们那时在花街柳巷的欢愉生活，银烛高照，觥筹交错，甚至通宵达旦，风雨无阻，蜡烛与锦鞯在当时也属奢侈品，这一切无不表现着他们内心的狂喜。尾联急转直下，从那时的狂欢辗转到目前的壮志未酬。全诗在情景中叙事，用景衬人，情真意切，与五代以来的浮靡之作已有很大的不同。

（三）

我们再来看看王禹偁在宋太宗淳化二年（991）贬官商州任团练副使的第二年春天写的五首《畲田词》中的第一首，其诗如下：

畲田词五首（其一）

大家齐力斫屏颜，耳听田歌手莫闲。
各愿种成千百索，豆萁禾穗满青山。

商州地形险峻，山多，可谓穷乡僻壤之地，交通不便，农民开垦的是畲田，即火耕田、火种田。前两句展现了一幅热情欢喜的垦畲图：老百姓互相鼓励，大家齐心地劳作着，呈现出造田改山的磅礴气势。后两句则是道出了老百姓的美好愿望。诗人用民歌般朴实的诗句写出了老百姓的心声，此诗清新上口、流畅豪气，老百姓也非常喜欢读。通俗又生动的诗风，对承晚唐、五代而来的宋初浮靡诗风起到了力矫时弊的重要作用。

（四）

王禹偁的《官舍竹》同样用景物表达了诗人坚贞的品格。

官舍竹

谁种萧萧数百竿？伴吟偏称作闲官。

不随夭艳争春色，独守孤贞待岁寒。

声拂琴床生雅趣，影侵棋局助清欢。

明年纵便量移去，犹得今冬雪里看。

当时的王禹偁虽然被任命为团练副使，但只是个虚衔，基本无事可干。当时清冷的时光、身在异乡的难挨都是可想而知的。突然一次，他推开窗，一股翠色扑面而来，好似遇到了很久不见的故人，可以倾心交谈一番。好一片官舍的竹子哟！是谁种下这些翠竹的呢？可能是一位与自己遭遇相似的前贤，也为了排遣孤冷心情、寄托自身品性才种下的吧。如今这翠竹陪伴自己一起吟诗，是多么应景。颔联"不随夭艳争春色，独守孤贞待岁寒"，既有外在形象上的暗喻，也有和诗人精神上的默契，官舍竹在等待岁月寒冷的时候，宁可孤独也保持一份坚贞。

颔联写竹的品性，而颈联"拂"和"侵"两个极其传神的动词，将竹叶的萧萧声和倩影介入诗人的生活当中，或拂琴或敲棋，清风徐来，清欢无限。尾联道出了自己当时的心境，哪怕明年贬谪到更荒僻、更偏远的地方，这个冬天也能和翠竹结交成朋友了。

整首诗字里行间映射出一位清高又孤洁的诗人，同时也表达了其内心的愤懑及自我安慰之情。

（五）

真是应了那句"明年纵便量移去"，王禹偁在宋太宗至道元年（995）第二次遭到贬谪，沉浮又无定的仕宦生活已经让诗人对险恶、黑暗的官场产生了浓浓的厌恶。从下面这首诗就可以领会其心境。

泛吴淞江

苇篷疏薄漏斜阳，半日孤吟未过江。

唯有鹭鸶知我意，时时翘足对船窗。

吴淞江，又名吴江，即今流经苏州、上海等地的那条苏州河。这首诗写诗人乘着孤舟泛于江上并怡然自得的小情趣，他想从大自然中寻求精神慰藉。"苇篷疏薄漏斜阳，半日孤吟未过江"，情景跃然纸上，夕阳已经西下，余晖泻淌，江面上漂荡着一叶清冷又孤独无依的小船。船篷上覆盖的芦苇稀疏，其缝隙间漏进一缕缕斜照的余晖，时近黄昏，吟诵声回旋在清寥的江面上，显得格外清亮，无人应和，更无人欣赏，而诗人也无意过江，更不着急一时半会返岸。

"唯有鹭鸶知我意，时时翘足对船窗"两句，写尽了诗人内心的寂寞。一只只单足仁立、曲颈对着船窗的鹭鸶，仿佛最能够理解诗人的心，不时伸头看看坐在船舱里的诗人，宛如在聆听着诗人的吟诵。那种内心的愤懑、寂寞都显露无遗。只有面对知音鹭鸶，诗人才能诉说衷肠。

把鹭鸶当知音，透露出诗人对鹭鸶的喜欢，从而反衬出人的无情及其对官场污浊黑暗的厌恶与批判之情。越是写他有鹭鸶为伴，就越是反衬出他孤寂的处境。遣词用字简单，但是状物抒情确是活泼生动。这在宋初尤为难得，颇见情趣，清新悦目。

（六）

从王禹偁一生敢于直言、体恤百姓、品性高洁的轨迹来看，有一首诗不得不提，那就是《对雪》。

对 雪

帝乡岁云暮，衡门昼长闭。

五日免常参，三馆无公事。

读书夜卧迟，多成日高睡。

睡起毛骨寒，窗牖琼花坠。

披衣出户看，飘飘满天地。

岂敢患贫居，聊将贺丰岁。

月俸虽无余，晨炊且相继。

薪刍未阙供，酒肴亦能备。

数杯奉亲老，一酌均兄弟。

妻子不饥寒，相聚歌时瑞。

因思河朔民，输税供边鄙。

车重数十斛，路遥几百里。

羸蹄冻不行，死辙冰难曳。

夜来何处宿，阒寂荒陂里。

又思边塞兵，荷戈御敌骑。

城上卓旌旗，楼中望烽燧。

弓劲添气力，甲寒侵骨髓。

今日何处行，牢落穷沙际。

自念亦何人，偷安得如是。

深为苍生蠹，仍尸谏官位。

謇谔无一言，岂得为直士！

褒贬无一词，岂得为良史！

不耕一亩田，不持一只矢。

多惭富人术，且乏安边议。

空作对雪吟，勤勤谢知己。

诗的题目虽然取为《对雪》，但是诗意不在咏雪，而是在于抒发内心真实的情感。这首诗是诗人在当时的京都汴梁任右拾遗、直史馆时所作。那时候宋正和契丹（后称"辽"）打仗，战争带来的灾难和痛苦完全压在老百姓身上，王禹偁对政府这样的作为颇有微词，所以在下雪天时一气呵成，将所有情感对着雪淋漓尽致地表达了出来。从篇首至"飘飘满天地"平铺直叙地讲述了在岁暮时分，大雪纷飞，极其寒冷，大家都是深居简出，朝廷在这样的恶劣天气下免去五日一上朝的惯例。受到岁暮天寒的影响，官署包括昭文、国史、集贤这三馆也不用办公，于是读书读到深夜也不打紧，第二天可以睡到日上三竿再起床。一天，诗人忽然觉得寒气袭来，原来是有像玉屑一般的雪飘入窗内，披衣出去一看，雪已经洋洋洒洒地铺满了地。这里似乎讲述了在极寒天气里，连官员都可以不用办公，很是闲逸，为后面叙述边境兵和百姓之苦作了铺垫。

从"岂敢患贫居"到"相聚歌时瑞"这一部分，写到了家人团聚的欢喜，一起赏白雪庆丰年，虽然"衡门""月俸无余""数杯""一酌"等处处写到诗人家境并不殷实，但是能够照顾到家人，家人在一起团聚，共享天伦，说明诗人还是非常知足于眼前的生活状态，为后面写边境兵民之真正的贫苦再次铺垫。

诗中以"因思"二字领起，至"阒寂荒陂里"句，以想象的方式写黄河以北人民服劳役的境况，写边塞服役的兵士的苦况。后文甚至骂自己是一个蛀虫。其实像王禹偁这样关心百姓的官员并不常见，"苍生蠹"表现了他无能为力为百姓做点事的愧疚之情，也从侧面反映诗人讽刺那些高高在上、不关心百姓兵士疾苦的真正的蛀虫，是一种真正意义上的鞭挞。结尾以"空作对雪吟"回应题目，"空作"二字，寓意无限。诗人一直向往着做一个正直、有责任心的官员，但在客观的事实面前，他做不了，提出的一些意见和建议也受不到身居高位的官员和朝廷的采纳，面对瓢泼大雪，只能"空作对雪吟"来抒发内心的悻悻之情了。

全诗用了鲜明的对比手法，虽然没有惊心动魄的对比镜像，却有一种真挚的力量。这样的写法颇受白居易的影响，以平易浅白见长，直抒胸臆，慢慢地表现出以论文为特色、以散文为风格的诗路，来凸显对老百姓的同情、对国家的忧心，体现一位知识分子的高度责任心。

◎ 诗人小传

王禹偁（954—1001），字元之，济州巨野（今属山东）人。北宋诗人、散文家，宋初有名的直臣。北宋太平兴国八年（983）考中进士，历任右拾遗、左司谏、知制诰、翰林学士。敢于直言讽谏，屡受贬谪。宋真宗即位，以直书史事，降为黄州知州，世称王黄州。咸平四年（1001），未逾月而死，时年四十八。王禹偁为北宋诗文革新运动的先驱，诗文学韩愈、柳宗元、杜甫、白居易，多反映社会现实，风格清新平易，反映了作者积极用世的政治抱负，格调清新旷远。著有《小畜集》《五代史阙文》。

二、寇准——清幽深长怀故人

春天是万物复苏的季节，在他乡的游子总会有意无意地触景生情，升腾起思念家乡之情。诗人寇准当时在归州巴东县（今属湖北）任官。根据司马光在《温公续诗话》中的记载，"年十九进士及第，初知巴东县。有诗云：'野水无人渡，孤舟尽日横'"，我们就能了解到《春日登楼怀归》这首诗是在寇准二十岁左右被授官大理评事、知归州巴东时所作的。

春日登楼怀归

高楼聊引望，杳杳一川平。

远水无人渡，孤舟尽日横。

荒村生断霭，深树语流莺。

旧业通清渭，沉思忽自惊。

第一、二句为总起。首句用一"聊"字，表达了诗人只是闲暇时路过一楼，登上去随便看看这里的风景，并非因"怀归"而"登楼"。第二句气势大开，诗人登上了高楼，朝远处眺望，眼前无尽的春水浩浩荡荡如一马平川，也没有一个行人走过。

寇准《春日登楼怀归》诗意图

第三、四、五、六句是说诗人低头俯瞰到的景物。摆渡用的小船，也没有人在旁边看管，就在渡口水边孤单地横着。天色已近黄昏，望过去的村庄好似有点荒凉，但是还能够见到不时飘起的缕缕轻烟；而不知何处的树林深处传来黄鹂动听的歌唱声，衬托出一派荒芜凄凉的景象。诗人无论是俯瞰或远眺看到的"远水""孤舟""荒村""深树"等景色还是听闻的黄鹂声，突然觉得很是熟悉，仿佛置身于家乡。沉思一会儿，才发现刚才好似进入了幻境一般。面对这异乡异景，诗人内心一股茫茫的思乡惆怅之感越来越浓，升腾起一股不可遏止的怀念，家乡的流水、家乡的渡船、家乡的村庄，还有一条清清的渭水流经的下邽，他完全浸入了沉思之中。蓦地一激灵，才回过神来，这是在异乡巴东啊！其实诗人的家乡离这里还有千山万水之遥，一阵失落随之涌来。这其中蕴含了初入仕途刚离家的青年寇准对家乡的深深眷恋之情。

整首诗一开始是乘闲暇登楼的"聊"字，而最后的"惊"字与之首尾对比且呼应，其用得特别巧妙，表现了诗人前面用心用力写景，正是为末尾的烘托思乡情而铺设，最终留下深沉的触景思乡之情。整首诗非常扣题，描写在春日的所见所闻所感，我们在浓郁的生活气息中可以体味诗人在他乡思乡的情感。

而诗中的"远（野）水无人渡，孤舟尽日横"一联，如景如画，浑然天成，其实是出自唐代韦应物《滁州西涧》中的"野渡无人舟自横"一句。诗人将这句诗添了几个字，一下子使得景象变得更辽阔，层次也更为泾渭分明，很是自然。这两句诗还被北宋翰林图画院引以为考题，来评定考生的才学。

◎ **诗人小传**

寇准（961—1023），字平仲，华州下邽（今陕西渭南北）人。宋太宗太平兴国五年（980）中进士，多年积功升官至同中书门下平章事。力排众议，恳切催促宋真宗果敢抗辽,北宋和辽国在1005年缔结盟约,订立了"澶渊之盟"。宋真宗天禧三年(1019),寇准恢复宰相职位。天禧四年(1020),罢为太子太傅,封莱国公,世称寇莱公。后又遭丁谓诬陷而被贬。卒于雷州(今属广东),谥"忠愍"。擅长写诗,七言明雅,五言淡远,也有慷慨之作。和魏野、潘阆、林逋及"九僧"等为诗友,诗风近似,也被列入晚唐派。有《寇忠愍公诗集》。

三、林逋——澄澈淡远一剪梅

古往今来很多诗人会写以梅花为主题的诗,大多数诗人都是以梅花作为高洁品格的象征。林逋的梅花诗所描绘的场景和表达的悠悠意境,与诗人作为隐士在杭州孤山的生活环境以及其追求的淡泊名利的品格是一致的。《四库全书总目提要》中评价林逋"诗澄澹高逸,如其为人",也是以林逋所作的系列梅花诗为评判依据的。苏轼在《书林逋诗后》中说:"先生可是绝俗人,神清骨冷无由俗。"这里选的是林逋最受称誉的一首。

山园小梅二首(其一)

众芳摇落独暄妍,占尽风情向小园。

疏影横斜水清浅,暗香浮动月黄昏。

霜禽欲下先偷眼,粉蝶如知合断魂。

幸有微吟可相狎,不须檀板共金尊。

诗的前六句都描写梅花,是咏物,最后两句才抒发情感。首联是说,

林逋《山园小梅二首》（其一）诗意图

冬天了，在群芳凋零的时候，只见独自傲立绽放的梅花，在小小的庭院里，风韵四溢，风情无限。以点出梅花绽放的时节，来赞其清傲高洁、精神昂然。"独"字和"尽"字，把梅花的生活环境、独特性格通过俏皮妩媚的风味呈现在人们眼前。

颔联是说，稀稀疏疏的树影斜横交叉，倒映在清凌凌的水面上，月色朦朦胧胧，一阵阵一缕缕淡淡的幽香弥漫着整个空间。世人公认这两句是咏梅诗的最高成就。这两句诗其实出自五代时江为的"竹影横斜水清浅，桂香浮动月黄昏"，但是经过林逋的活用，更加生动。把梅花放在水边和月下这两个浪漫的环境中，水指澄澈，月指高洁，而梅花的体态和清香通过"疏影横斜""暗香浮动"生动形象地刻画出来，世人赞梅、赏梅就一直纳用"疏影""暗香"这两个词语了。而"疏影横斜水清浅，暗香浮动月黄昏"又是一幅美妙绝伦的溪边月下梅花图，同时也成为赞梅的千古绝唱。

颈联是说，冬天的鸟儿还没来得及飞下，便先偷偷地看上梅花几眼，蝴蝶要是知道寒冬还有如此妩媚的花，会丢了魂似的后悔不已。颔联描摹了梅花之形态、香气，这两句就以联想手法通过冬鸟和粉蝶对梅花的态度，虚实之间反衬出梅花的迷人之处，也烘托了林逋对梅花的喜爱之情。

尾联抒发了诗人的感受，幸好"我"能浅吟诗歌，亲近梅花，不需要一边打着檀木拍板，一边高举着金樽美酒这样奢华且庸俗地赏玩梅花。这烘托了诗人远离朝堂的嘈杂和纷争，如梅一般一尘不染、高洁恬淡的品性。

整首诗虽然存在明显不足的地方，比如五六句和三四句诗格上不协调，尾联也稍显气弱且乏力，但还是引起很多诗人和评论家的关注和赞赏。欧阳修说："前世咏梅者多矣，未有此句也。"元人冯子振在《疏梅》诗中写道："黄昏照影临清浅，写出林逋一句诗。"姜夔还因此创了"疏影""暗香"这两个填写梅词的调名，足见这首诗对后世影响之深远。

◎ **诗人小传**

林逋（967—1028），字君复，钱塘（今浙江杭州）人。早年浪迹在江淮一带，后来归隐在西湖孤山，喜欢种梅养鹤，终身未仕，也终身不娶，时称"梅妻鹤子"。宋真宗以礼相待，并且赐予林逋粟帛。林逋去世后，宋仁宗赐谥"和靖先生"。诗多写自然风光和隐逸生活，诗风淡远。和钱易、范仲淹、梅尧臣、陈尧佐等人有诗互相酬答。他也是宋初晚唐体隐逸诗人中最为出名的一位，存有《林和靖诗集》四卷。

四、杨亿——雅丽密致西昆体

西昆体作为宋初极为流行和兴盛的诗体，这和宋代建朝初期歌舞升平的社会背景有极大的关系。就如明初时期出现的台阁体，两者都是时代所需应运而生，也是时代的精神反映和追求。西昆体确实少了人的真情实感，但是流露的才情不可小觑。我们要站在大时代的背景下去理解这个诗体的产生和兴盛。杨亿的《泪》是西昆体的代表作品。全诗布局仿照李商隐写泪的布局，堆砌了六个和"泪"密切相关的典故，构成华丽但空洞的诗风。最后才点明是因为伤春，具有西昆体雅丽纤密、工于用典的典型诗风和诗格特征。

泪

锦字梭停掩夜机，白头吟苦怨新知。

谁闻陇水回肠后，更听巴猿拭袂时。

汉殿微凉金屋闭，魏宫清晓玉壶敧。

多情不待悲秋气，只是伤春鬓已丝。

杨亿《泪》诗意图

首句是说，到了晚上，苏蕙因思念丈夫于是停止了回文锦的纺织，掩面低头叹息了起来。这句用典出自《晋书·窦滔妻苏氏传》苏蕙思念丈夫的情景。

第二句是说，卓文君怨恨司马相如有了新人就抛弃了自己，挥笔写下了《白头吟》。这句用典出自《西京杂记》所载因司马相如做官后抛弃卓文君，文君悲痛写诗之事。

第三句是说，陇头流水声

幽咽,倾听后令人断肠。此句用典出自古乐府《陇头歌辞》写水流的场景。

第四句是说,听了巴猿凄凉的啼鸣后更加令人用袖擦泪了。此句用典出自《水经注·江水》写秋天三峡猿鸣凄凉的情景。

第五句是说,汉朝的宫殿中,秋风习习,但紧紧关闭的是陈阿娇的金屋,感觉心也荒凉了。此句出自《汉武故事》记载武帝想要娶阿娇,拟作金屋藏之,但后来抛弃了阿娇的悲伤事。

第六句是说,魏朝的宫殿里,在晨光初显时,一只玉壶中的血原来是薛灵芸离别时不舍掉的泪。此句用典出自《拾遗记》记载的美人薛灵芸辞别双亲时因不舍掉泪,玉壶泪凝如血的故事。

前六句为最后两句的感情抒发作了铺垫,这难以抑制的伤怀不用等到秋天才流露,这仅仅是春天都已经令人悲伤得两鬓染了白丝。"悲秋气"出自宋玉《九辩》中写的"悲哉,秋之为气也"句。

整首诗前六句都有出典,用典高手首推杜甫,其次就是晚唐的李商隐。

杨亿这首《泪》诗很显然是模仿李商隐写的同题诗《泪》。整体布局构思都和李诗一样,也是前六句用典,最后两句抒发感情。若专学李商隐的艺术风格,频频用典,为了用典而用典就成了华丽的堆砌。杨亿虽博学多才,六处用典也不显得生涩牵强,但只学了李商隐善用典的皮,而没有学到李商隐韵浓情高,将历史和现实巧妙融合,揭露社会现实,感情表达鲜明隽永的骨,这也是所有西昆体诗人的弊病。

整首诗缺乏一股真诚表达,脱离社会现实,内容略显空洞。类似的诗看多了就容易令人疲累,感觉诗人就是为了显耀才学而已。

◎ 诗人小传

杨亿(974—1020),字大年,建州浦城(今属福建)人。十一岁时,宋太宗赵炅召试,授秘书省正字,是皇帝身边的秘书郎。宋太宗淳化三年(992),

赐进士及第。积功升官至翰林学士、知制诰等职。《册府元龟》是他和王若钦等同修而成。诗学李商隐。杨亿和刘筠等宋初馆阁文臣互相唱和、点缀升平的诗歌，多写生活琐事，辞藻华丽，脱离社会现实，缺乏真情实感。后将相关17人创作的250首诗汇编成《西昆酬唱集》，号"西昆体"，随即成为宋初诗坛声势最大的诗歌流派。和刘筠齐名，时称"杨刘"。宋仁宗时，追谥"文"。其著作大多流失，存有《武夷新集》。

五、梅尧臣——清新平淡有风骨

欧阳修为改革宋诗诗风打好了扎实的基础，但他是个身负重任的政治家、散文家、史学家、经学家等，不但行政工作占据了他的大量时间，为创造散文新文体、编修史学等也耗费了大量精力。好在欧阳修有两位志同道合的诗友即梅尧臣与苏舜钦，他们继续努力创作，终于创设了单单属于宋诗的特殊风格，打开了中国诗史上崭新的一页。紧接着我们来聊聊创设宋诗诗风的重要人物之一的梅尧臣，字圣俞，世称"宛陵先生"，宣州宣城（今属安徽）人。他在官场一直不得志，最后入京做了个尚书都官员外郎，大家都称他为"梅都官"。梅尧臣比欧阳修大

梅尧臣像

五岁。他们之间的交往开始于宋仁宗天圣九年（1031），那时，两人都是三十岁不到，而且都在西京洛阳做小官。但当时，梅尧臣已经很有诗名了，年轻的欧阳修对梅尧臣所作的诗很是佩服，经常交换赠答诗。欧阳修一直对梅尧臣的诗充满钦慕之情，曾在《水谷夜行寄子美圣俞》诗中评价梅尧臣的诗："初如食橄榄，真味久愈在。"

而梅尧臣非常珍惜欧阳修这位知音，在感激之余，更专心创作，虽然他的官运并不畅达，但诗风却平淡畅然。两人的友情一直保持到宋仁宗嘉祐五年（1060）梅尧臣五十九岁因得传染病去世为止，那时他还是尚书都官员外郎，而欧阳修已经身居高位了，却为对宋诗作出巨大贡献的梅尧臣送葬。

（一）

梅尧臣的诗一直以平淡朴实为目标，他的这种诗风境界也不是一蹴而就的，而是通过世事历练、几番心头挣扎后形成的诗性品格。一开始，诗人梅尧臣也是情感细腻、多愁善感之人。他的五言律诗《闻雁》就有所见其善感的诗言，"孤雁去何急，一声愁更听"诗句中一个"愁"字可窥他原来也是一个细腻多愁的人。这种诗风，在为悼念原配妻子而作的《悼亡三首》中第三首怀悲诗里，更加显露其多愁的诗言，对亡妻的思念之情，缠绵悱恻，令人感动。

悼亡三首（其三）

从来有修短，岂敢问苍天。

见尽人间妇，无如美且贤。

譬令愚者寿，何不假其年。

忍此连城宝，沉埋向九泉。

第三首五言律诗，以"问苍天"的形式，表现出对爱情的专一和对失去妻子的悲痛。第二联中，"无如美且贤"这样的诗句赞美自己原配妻子的贤惠是非常夸张且率直的，衬托出对妻子去世的可惜和遗憾。诗句表露了诗人对感情的坚贞，同样也深深带着哀伤的色彩。在平淡中见真情，曲折且委婉，此诗从内容到形式都透露着诗人对妻子的真情实感，非常有感染力。

（二）

诗人知道单靠感伤是不能够开创宋朝诗歌新时代的，所以至此之后，他觉得必须避免多愁善感的文风表达，必须保持相当的理性思维，才能开辟宋诗的一条新路。而这个转折在《答裴送序意》这一首诗中得以呈现，如诗中写到的"辞虽浅陋颇克苦，未到二雅未忍捐""书辞辩说多碌碌，吾敢虚语同后先"。梅尧臣作诗的勤奋态度是显而易见的，他在写诗的方向上有自己的理想与抱负。梅尧臣在作诗的要求上曾经说"未到二雅未忍捐"，他希望自己做到像《诗经》中的《大雅》《小雅》那样，不但有社会形态内容，而且能对当政进行揭露并批判。诗人不愿意效仿唐末的诗人，为了一些物象而几经推敲语句来浪费时间。

梅尧臣在此首诗中非常自谦，说自己"书辞辩说多碌碌，吾敢虚语同后先"，毫无成就，实则他著有《唐载》二十六卷，为《孙子十三篇》作注，还曾打算修《唐书》。在学术上，他并不是碌碌无为的人，而是踏实严谨做学问的人，不会长时间陷入怀柔感伤中。他的细腻情感使他有敏锐的感受力，他学术上的造诣使他有开阔的视野，所以他留下不少关心社会、批评时政、关心百姓的作品，《田家语》就是其中的一首，用长篇五言古诗的形式，详细地叙述了官吏用淫威残暴百姓、百姓怨声载道的情景。

田家语

谁道田家乐？春税秋未足。

里胥扣我门，日夕苦煎促。

盛夏流潦多，白水高于屋。

水既害我菽，蝗又食我粟。

前月诏书来，生齿复板录。

三丁籍一壮，恶使操弓韣。

州符今又严，老吏持鞭扑。

搜索稚与艾，唯存跛无目。

田间敢怨嗟，父子各悲哭。

南亩焉可事？买箭卖牛犊。

愁气变久雨，铛缶空无粥。

盲跛不能耕，死亡在迟速。

我闻诚所惭，徒尔叨君禄。

却咏归去来，刈薪向深谷。

宋仁宗康定元年（1040），西夏连续侵犯关中，政府组织民兵进行防卫。此诗序中说，"诏书"规定"凡民三丁籍一"，"互搜民口，虽老幼不得免"，所以严重地影响了当时的农业生产。诗的前面二十四句都是"田家语"，也就是通过田间老百姓的血泪控诉，全面地、多维度地描摹出一幅民不聊生、声声血泪的画面，令读者读起来好似听到哭声，具有强烈的画面感，非常有感染力。

诗作分成两部分，第一部分是田间的百姓向诗人倾诉的话：当时为了防御西夏，匆匆忙忙地下诏征集乡兵，加强戒备。开头四句是说，谁说我们田家是快乐的呢？在春天产生的租税，到秋天还不能够缴足。地保、里长正没早没晚地敲打门催迫我们交税呢！一下子就知道租税繁重，催促的紧张和所承受的压力痛苦可想而知，这是人祸。接下来四句说的是遭遇的天灾，今年雪上加霜，有水灾又遇蝗灾，豆类、谷类都受到严重的灾害，秋收根本没有希望。诗人当时是襄城县令，那里靠近许昌，地临汝河。由于地势的关系，那一带很容易形成内涝，百姓家里处境都非常危险悲惨。

接着"前月诏书来"以下八句，是对诗人诉说，除了严重的赋税和天灾的威胁，更有兵役带来的第二次人为灾难。那年（宋仁宗康定元年）夏天，西夏进攻宋朝，朝廷就增加民兵防御。前月诏书下来登记人口，家里有三丁就抽一个壮丁，强迫百姓训练和操持弓箭。在朝廷公文的催迫下，官吏就拿着鞭子和棍棒到处抓丁，除了跛子和瞎子，连年老和年幼者都没有幸免于兵役。这八句写出了官吏为非作歹，胡滥抽丁，导致庄稼更加无人看管和料理的情况。

而"田间敢怨嗟"到"死亡在迟速"这八句写了在多重灾难的逼迫下，田家生活愈加艰难，又欲诉无门，走投无路，只能等待死亡。诗句把人祸、天灾带给田家百姓的苦难写得淋漓尽致。

诗的第二部分是结尾四句，也是诗人自己听到并记录下这些反映的事实后抒发的感慨。作为地方官，听到如此心酸的控诉，诗人内心无比悲痛且羞愧。面对百姓的悲惨处境，诗人无能为力去改变，他为自己白白接受官俸的供养，不能拯救苦难中的百姓而深感惭愧，一下产生了浓烈的同情心、自责心，甚至有了弃甲归田的想法，这深深表现了梅尧臣这样的知识分子有一颗正直且善良的心。

田家生活原是安居喜乐的象征，一向以来也是诗人喜欢吟咏的题材，但是梅尧臣笔下的田家生活如此凄惨，也是体现了其对生活的细致观察，关心社会民生，同情百姓生活。类似《田家语》这样揭露批判社会现实的诗作，还有一首题为《闻进士贩茶》的七言古诗，此诗就是专门讽刺堕落的知识分子的。所以梅尧臣的类似诗作可以作为研究宋朝社会史的史料。

《田家语》是继杜甫、白居易等诗人之后能够深刻揭示社会黑暗和民生疾苦的一首诗篇。全诗朴质无华，感情笃真。白居易说："文章合为时而著，歌诗合为事而作。"诗人正是传承并弘扬了这样的传统。诗人作诗一贯以平淡自励，力挽北宋初期西昆体所形成的华而不实的诗风，对于重塑诗风起了相当积极的作用。

（三）

再如梅尧臣的《陶者》这首五言绝句，不像《田家语》这样长，运用了短小精悍的形式，同样也能深刻地揭示封建社会的基本矛盾。

陶　者

陶尽门前土，屋上无片瓦。

十指不沾泥，鳞鳞居大厦。

诗里说，烧制陶瓦的工人，一天到晚挖掘门前的陶土，都快挖尽了，也烧尽了，可是自己家里的屋子上还是没有一片瓦，而那些十指不沾陶土的富贵人家，却住在瓦片层层叠叠如鱼鳞般的高楼大厦里。诗人仅仅用 20 个字，通过第三句与第一句、第四句与第二句强烈且鲜明的对比，表达了对劳动人民的同情和对富人的讽刺。

此诗只用客观的记述，看似轻描淡写，无一语判断，却让读者自下结论，所以尤为难得。杜荀鹤《蚕妇》中的"年年道我蚕辛苦，底事浑身着苎麻"也是表达对此类现象的愤慨。梅尧臣这首诗用唐代那句谚语"赤脚人趁兔，着靴人吃肉"的对照方法，不加论断，简辣深刻。

（四）

在作诗方面，梅尧臣与欧阳修抱着同样的理想与态度，他们之间互相勉励，齐头并进。但梅尧臣的诗显得更为细腻、精致，自然也更富有诗情画意。梅尧臣作诗态度非常严肃，曾言："诗家虽率意，而造语亦难。若意新语工，得前人所未道者，斯为善也。必能状难写之景如在目前，含不尽之意见于言外，然后为至矣。"（欧阳修《六一诗话》）这表露出梅尧臣为追求"平淡"而煞费苦心的态度。在其现存的两千八百多首诗中，很少有随便写就、诗意和格调都不怎样的作品。如这首《鲁山山行》，就写得充满诗情画意。

鲁山山行

适与野情惬，千山高复低。

好峰随处改，幽径独行迷。

霜落熊升树，林空鹿饮溪。

人家在何许？云外一声鸡。

鲁山，一名露山，在今河南鲁山县东北，接近襄城县西南边境。宋仁宗康定元年（1040），梅尧臣任襄城县令时作了此诗。

虽然是一首五律，但没有被格律所束缚，诗句语言新颖自然。此诗一开头就表达山行，恰好与诗人爱好欣赏山野风光的情趣相合。按时间顺序，首联两句为倒装。一倒装，既突出了诗人爱爬山又爱山的情趣，也显得跌宕有致。"千山高复低"，当然是诗人"山行"所见，而"适与野情惬"，则是诗人"山行"所感，这两句只点"山"而"行"在其中。

颔联进一步写"山行"，写了山中的景色随着行进的脚步不停地转换着风景，"好峰"不停变换着优美的形态。"迷"字传神地写出了诗人在幽幽的小路中欣赏独特风景的迷醉迷恋之态，简直要迷了双眼，因而迷失南北东西了，用"迷"字衬托了这景致之幽和趣。

颈联互文见义，诗人在林间小路独行，看到了被严霜压折的草木，熊在树上嬉闹，山林空空荡荡，小鹿在溪边饮水嬉戏，其根本不在意站在丛林中的诗人，好一派自由自在的景象。"熊""鹿"都不受人的影响，和平时一样，毫无顾忌地爬树或者喝溪水，一副自由自在的样子，而诗人站在"幽径"上观赏到"熊升树""鹿饮溪"的景象也是多么凑巧，眼前的一静一动是多么随性闲适。熊闲适，鹿闲适，看"熊升树""鹿饮溪"的诗人也闲适，可见其心情是何等舒畅。

诗以"人家在何许？云外一声鸡"收尾，余味无穷。抬头看到白云萦绕，看不到山下的人家在哪里，恰在这时，云外飘来一声鸡叫，仿佛在欢迎诗人到人家来歇息。诗人的喜悦之情宛然可见。《鲁山山行》虽不如杜牧的《山行》著名，但也具有清新之风。

诗人描写的景致皆属自己途中所见，增强了真切感。此诗正是借助于联想，把难写之景展现于人们的眼前，既充满了对未来的美好憧憬，也包含着对过去的深长怀念，足感情趣绵远。对现场的景致进行生动形象地描绘，可见作者的才思和艺术创造力。

（五）

梅尧臣有些诗既反映了当时一种社会风俗，又含有哲理，且富有谐趣，耐人深思。如《和才叔岸傍古庙》这首诗：

和才叔岸傍古庙

树老垂缨乱，祠荒向水开。

偶人经雨踣，古屋为风摧。

野鸟栖尘坐，渔郎莫竹杯。

欲传山鬼曲，无奈楚辞哀！

景祐元年（1034）秋，梅尧臣从汴京南归，从汴河入淮河，途经运河，溯长江才至宣城。这首诗是在途中所作的，是一首应和王广渊的写景诗。王广渊，字才叔，大名成安（今属河北）人。梅尧臣曾提出，诗要"意新语工"，要能"状难写之景如在目前，含不尽之意见于言外"，像这样普通的水旁古庙本来没啥可写的，要想出新意，那就更不容易了。梅尧臣是怎样将平凡化为清新入诗的呢？他先写庙旁的那棵老树，以老树特有的"垂缨乱"——那种杂乱、那种下垂，衬托了树的年老、村的荒凉。接着用"荒"字呈现了这座庙的古老，"向水开"写明了其位置，同时也点了题。三、四两句写庙中呈现的静止状态：里面的泥塑经历风雨而跌倒在地，房屋更是因风雨而残破。五、六句写了庙中呈现的跃动状态：不知名的野鸟在积满灰尘的神座上稍作栖息，偶尔还有渔人来祈福或求吉化凶。诗人用白描的手法刻画了香火冷落、荒凉的古庙，来衬托这个村子的荒凉，借此表现出北宋时期淮上这地带民生凋敝的社会现实。同时这一静一动的描述也反映了另一层意思：神佛塑像都被风吹雨打得不能自保，又如何来保佑渔人生活的人间？这也反讽了社会现状和揭露了当政者不为民生的黑暗现实。

（六）

只要打开梅尧臣的诗集，我们就可以发现其题材之多之广，这着实令人惊叹，而且很难有人能够超越他。从下面这首诗里，我们也足以推想 11 世纪现实的汴京日常生活中的一部分了。

范饶州坐中客语食河豚鱼

春洲生荻芽，春岸飞杨花。

河豚当是时，贵不数鱼虾。

其状已可怪，其毒亦莫加。

忿腹若封豕，怒目犹吴蛙。

庖煎苟失所，入喉为镆铘。

若此丧躯体，何须资齿牙？

持问南方人，党护复矜夸。

皆言美无度，谁谓死如麻！

我语不能屈，自思空咄嗟。

退之来潮阳，始惮餐笼蛇。

子厚居柳州，而甘食虾蟆。

二物虽可憎，性命无舛差。

斯味曾不比，中藏祸无涯。

甚美恶亦称，此言诚可嘉。

景祐五年（1038），诗人梅尧臣将解任建德（今属浙江）县令，而当时的范仲淹在饶州（治今江西鄱阳）任知州，约他一起游览庐山。范仲淹请了些朋友和同道一起吃饭，在席间，有人绘声绘色地讲起河豚是人间一大美味，引起梅尧臣极大兴趣，欣然作诗记下来当时的情景。其诗回环转折，读来趣意和寓意无穷。

第一折，开头四句从赞美河豚开始。先把当时季节的风景描摹得很细腻，说明当季"正是河豚欲上时"。鱼虾虽然也很美味，但是四季都有，而河豚是有季节性的且味道鲜美，这就显得物以稀为贵了。开篇表达了对河豚的喜爱。而欧阳修读了这首诗后，在《六一诗话》中评价："故知诗者谓只破题两句，已道尽河豚好处。"

第二折，接下来的八句突然就写了对河豚的害怕。"其状已可怪，其毒亦莫加"这两句总的概括了河豚的"怪"与"毒"。然后分述，河豚的腹部相较其他鱼而言就大了许多，里面有气囊，能够吸气后膨胀起来；眼睛又是突出来的，在头顶这地方，感觉很是愤怒的样子。梅尧臣描写河豚外形的时候运用了夸张的手法，"豕""蛙"的外形，"忿""怒"的神态，所以河豚就显得稀奇古怪、面目可憎了。更令人害怕的是，河豚的肝脏、生殖腺及血液均含有毒素，如果处理不当，食用后就会中毒导致死亡。诗人用"镆铘"利剑作比喻，来形容吃河豚的惊心动魄。要享用美味的河豚，竟还要冒生命危险，理智告诉他，这是不值当的。

第三折，"持问南方人"这四句是对上述觉得尝河豚味道是不值得的一种反驳。如果怕死就尝不到美味河豚，而尝过河豚味道的人则不怎么怕死，因为河豚是在沿海才有的，南方喜欢美食的一批人尝过河豚的美鲜后，都一致认为好吃，而全然不顾什么因为贪嘴而会"死如麻"的严重警告。

第四折，从"我语不能屈"到诗的末尾都是写诗人的反省。诗人先举古人尝鲜的故事：一是韩愈在潮州任职时，从一开始惧怕蛇的外形到尝了蛇的味道后，才知道它无与伦比的鲜美；二是柳宗元在柳州任职时，看到丑陋不堪的蛤蟆，一开始也难以下咽，但是尝了它的味道后，才发现别有一番风味。诗人举这两个例子，是想表明一开始蛇与蛤蟆令人惧怕或者厌恶，可后来却都是甘旨肥浓，它们形态虽丑，但食之并不会危害生命。而南方人觉得河豚美味到了极点，比起蛇与蛤蟆的美鲜度，是有过之而无不及。

不过，河豚"美无度"，却又"祸无涯"，是集美和恶于一身的奇特的物种，它让诗人想起《左传》里的一个警句："甚美必有甚恶。"这是对河豚最贴切的评价了。

从梅尧臣自己和南方人之间对待食用河豚上的辩驳，到后面诗人的妥协，侧面反映了人类在食物的拓展上具有冒险精神，这也是令梅尧臣颇为赞许的。整首诗构思奇妙，一叙多折，诗中旁征博引，以学问为诗，兼有议论和抒情，又以文为诗，被欧阳修视为"绝唱"。

（七）

梅尧臣在诗作的题材内容上不仅有大山大河大境，还非常注重写微不足道的题材。他用敏锐的观察力去描述家庭日常、朋友交往的情形，笔触细腻周到，情感真挚深刻，所写内容事无巨细。比如《南邻萧寺丞夜访别》写的是与一见如故的新友夜中话别的情形：

南邻萧寺丞夜访别

忆昨偶相亲，相亲如旧友。

虽言我巷殊，正住君家后。

壁里射灯光，篱根分井口。

来邀食有鱼，屡过贫无酒。

明日定徂征，聊兹酌升斗。

宵长莫惜醉，路远空回首。

此诗是景祐五年（1038），诗人解下建德县令的职务，到汴京朝中任职时为邻居所作的。题目中的寺丞是指职务，一般指大理寺、太常寺、鸿胪寺等的佐官。在汴京任职时，正巧和萧寺丞是一南一北前后的邻居。一个晚上，萧寺丞因职务调动离开汴京来和诗人告别，诗人为他饯行并写下这首诗。

头两句就道出了诗人与邻居萧寺丞一见如故。接下来四句描写了诗人和萧寺丞比邻的具体环境情况。梅尧臣和萧寺丞门巷一家在后，一家在前，一家在北，一家在南；梅尧臣能够在自家门口看见邻居墙壁缝间透出来的灯光；两家挖掘的水井也紧挨在一起，只有一个篱笆相隔。因为两家住宅实在挨得太近，诗人把日常所见平实道来，方位井然，蛮有一种休闲的格调。

后面的六句描述了两家日常往来以及酌酒饯别的情景。萧寺丞有时邀请诗人去他家做客，非常热情地以好酒好菜款待他；而萧寺丞有时也到诗人家串门，诗人因为家里不丰裕而没有好酒好菜招待他。今日萧寺丞临行前来告别，诗人无论如何也要略备"升斗"之酒来为他饯行，这饱含着诗人对这位邻居心照神交的情谊。结尾的"宵长莫惜醉，路远空回首"这两句劝酒词，更是表达了诗人对邻居的惜别之情。诗句语言平白，但是字字真挚，心意纯真。梅尧臣的诗风语言平淡且朴实，但是抒情真挚且深厚，平和道来，虽然没有陶渊明的超脱，但其淡然却是有着很深的相承，颇有陶渊明的风范，这首饯别诗就很好地反映了他的这种诗风。

◎ 诗人小传

梅尧臣（1002—1060），字圣俞，宣州宣城（今属安徽）人。宣城汉代名宛陵，故世称"梅宛陵"或"宛陵先生"。早年应试不第，以恩荫补官。宋仁宗皇祐三年（1051），因大臣推荐面试，赐进士出身，授国子监直讲。官至尚书都官员外郎，因此世亦称"梅都官"。曾预修《新唐书》。与欧阳修同为北宋前期诗文革新运动领袖，并称"欧梅"。又与苏舜钦齐名，并称"苏梅"。诗风简古平淡，着重反映现实，力克西昆体浮靡之弊。有《宛陵集》。

六、欧阳修——充沛流畅创诗风

自北宋建国以后，经过半个多世纪，一直到第四代皇帝宋仁宗在位的四十二年期间，人们才渐渐意识到自身已处在不同的时代，有必要确立合乎这北宋新时代的新诗风，仁宗在位的年代大部分在 11 世纪前半期，他是宋代使用年号最多的一位皇帝，更改过九次，从天圣到嘉祐，每次更改年号，都有一定的原因。

仁宗皇帝性格柔弱，不过不是个昏君。他在位期间，除了与北方辽国还在继续对峙，对于西边建立的西夏国，朝廷每年以"岁币"的名义进贡，保持了彼此近半个世纪之久休战的状态。长期的和平状态，自然促进了社会的进步和文化的革新与繁荣，也影响了清朝灭亡前的中国文化的发展方向。北宋以后，在儒学始终保持权威地位影响下，宋仁宗时期革新后所确立的文学思想，也一直领导着文学创作与批评的活动。譬如，欧阳修的散文成了典范之作，在漫长的历史长河中极受推崇，直到 20 世纪初才被"白话文"取

欧阳修像

而代之。北宋中期各个方面在中国历史上都是划时代的，在文化方面，宋仁宗庆历年间（1041—1048）更是中国史上一个文化灿烂的时期。

其实在宋仁宗时期，不仅仅是诗文，当时中国的文化与文明全方位都在裂变着、碰撞着、改变着，其中革新最大的是重新认识儒家思想的价值，巨大的改变就是那个时代的书生已不仅仅是儒家思想的传播者、阐释者，同时也变成了实践者，实现了政治领袖与文化领袖合二为一，培养并扶植了如范仲淹、富弼、文彦博、韩琦、欧阳修等"名臣"。这些"名臣"都是书生出身，他们意识到自六朝至唐朝儒学思想受到佛道两教的妨碍和挑战，渐失原来的崇高地位，认为这是中国文化衰敝的原因所在，所以发出了摆脱佛道影响，重整儒家传统的倡议和宣言。同时，他们痛斥讲究辞藻华丽的文学，认为其内容空洞而无思想，于是倡导有思想、有内容的适合时代发展的文学风格。而北宋初期文学又着力主张辞藻华丽的西昆体，反而推动与加速了北宋中期的文学改革运动。

在宋仁宗在位期间，确立新诗风的中心人物是欧阳修与梅尧臣，他们两人是以文会友的好朋友，而且政见所持略同。虽然梅尧臣在诗歌创作上比欧阳修更有成就，但就影响力来说，那是远不如欧阳修的。欧阳修同时又是个散文大家，忙着根据韩愈所创的文体创造他自己更流畅的散文，进而开创新文风，担负着承前启后的重任。此外，他也是个撰修《新五代史》和《新唐书》的史学家，修撰《诗本义》和《易童子问》的经学家，编印《集古录》的考古学者。他虽然只活了六十多年，但有如此广泛的成就，已然是无人能及，更不愧为文化界的一代领袖人物。所以欧阳修不但在诗歌上有开创宋诗诗风的巨大成就，而且在散文、经典、考古、历史等方面都留下了划时代的成就。除了这些杰出的学术成就，他后来又有权居宰相的政治地位，欧阳修毋庸置疑地成为领袖群伦的重要人物，对宋代文学步履的迈进，对宋代文风的改革都有着不可磨灭的影响和作用。

欧阳修是一代文宗，更是这个大变革时期的领袖之一，在文学方面名冠天下，影响最为深远。他在宋仁宗即位前十五年生于父亲的任所绵州（今四川绵阳），祖籍庐陵（今江西吉安），可惜四岁就丧父，靠叔父欧阳晔抚养。由于贫穷，欧阳修常在地上练字。在十岁那年，他无意中看到了城南东园李尧辅家遗弃在破竹筐中的残缺不全的韩愈文集，读后对韩愈的浩然之气大为折服，欧阳修过目不忘，就此钻研效仿。而韩愈的文风清丽朴质，不讲究辞藻的华丽，这对欧阳修一生的文学风格产生了极大的影响。欧阳修在二十四岁那年即宋仁宗天圣八年（1030）中了进士，于是开始了他长达数十年的仕宦生涯。自此，欧阳修无论在治学还是为官上都较为一帆风顺，学问名声和政治地位上的影响力与日俱增，尤其在学问上达到了无人超越的地步。

由于新旧两派政治势力冲突，欧阳修在官场上也遭遇过两次挫折。第一次是在景祐三年（1036），欧阳修三十岁时，范仲淹因言事落职，他作了《与高司谏书》为范仲淹鸣不平，结果被贬为夷陵（今湖北宜昌）县令。第二次被贬谪是在庆历五年（1045）。庆历三年（1043），友人石介写了《庆历圣德颂》。《庆历圣德颂》之后，引来的是北宋党争，而在这"君子小人之辨"的过程中，欧阳修是一个重要角色，他活跃于庆历年间的党议中，还为此写了《朋党论》，划分了"君子之党""小人之党"，光明正大挑起了范仲淹集团和夏竦集团的争端。而宋仁宗因由景祐之际的党议、党争延续下来的一种惯性思维对朋党非常忌讳，这导致欧阳修再度被黜，出任滁州（今属安徽）知州。

经过两次党争遭受贬谪挫折之后，欧阳修及其同党反而名声大噪，越来越得到朝野的尊重和推崇。在仁宗末年，他们在朝廷个个身居高位，欧阳修官至参知政事（相当于副宰相），尤受朝廷器重。宋仁宗死时，欧阳修已经五十七岁，与韩琦两人受皇帝遗命辅佐病弱的养子英宗，智慧地解决了种种纷争。嘉祐二年（1057），欧阳修做了礼部贡举的主考官，以翰林学士身份主持进士考试，开始了他的伯乐生涯，提拔擢升了苏洵、苏轼、苏辙、王安石、曾巩等不少天下英才，一经他赏识推荐的人才，都会走上实现抱负之路。欧阳修发现的千里马，文采出众，苏轼等五位后来都成为文坛大佬，位居"唐宋八大家"之列，他是实至名归的古今第一伯乐，由此可见欧阳修不但在政治上，在文化上也是当时最高的领袖人物。

《欧阳文忠公全集》，共一百五十三卷，其中诗歌占二十一卷，大致依创作年月编成。欧阳修诗的特色可归纳成下列两点：一是内心的平静。这并不是消极的"事不关己，高高挂起"，也不是缺乏内省的平静，而是一种主观上摆脱悲哀的积极心境，且不是像唐诗和六朝诗那样甘于悲哀并沉陷其间。欧阳修的平静代表脱离原来作诗的陋习，在文学上，作诗方法基本上传承韩愈的文学作风。在所有唐朝诗人之中，韩愈的感伤色彩是最淡的，师承韩愈的欧阳修进一步抑制了悲伤诗风倾向。二是视野的扩大。这是在平静的心境下自然而然产生的结果，表现在写作题材范围的扩大。如韩愈的《石鼓歌》以器物为题材，而欧阳修在写诗取材上更积极地进行了扩展。他的诗描写的对象并不限于器物，而是从更广的视野来加以夹叙夹议。

在历史意义上，欧阳修是宋诗的诗风先驱者、改革者、奠基者，他的诗可以说不但是其个人成长的历史，也是宋诗风格成长的历史。

（一）

欧阳修是北宋初期诗文革新运动的主要倡导者，更是当时文坛的领袖。他写的诗一扫当时诗坛西昆诗派华丽浮艳之风，诗风清新简单，与众不同，下面这首《戏答元珍》可见一斑。

戏答元珍

春风疑不到天涯，二月山城未见花。

残雪压枝犹有橘，冻雷惊笋欲抽芽。

夜闻归雁生乡思，病入新年感物华。

曾是洛阳花下客，野芳虽晚不须嗟。

在宋仁宗景祐三年（1036）五月时，欧阳修因支持范仲淹改革朝政而被贬官至峡州夷陵（今湖北宜昌），任县令。第二年，他的一位朋友丁宝臣（字元珍，时任峡州军事判官）写了一首《花时久雨》的诗赠送给他，欧阳修马上写了这首诗回应丁宝臣。题目《戏答元珍》中的"戏"字，声明这首诗只是玩笑之作，但其实他是想掩饰被贬后内心的失意情绪，这不过强颜欢笑罢了。

诗的首联"春风疑不到天涯，二月山城未见花"，因为地处偏远的夷陵小城，夷陵面江背山，故称山城。群山峻岭的，虽然已是早春二月，

欧阳修《戏答元珍》诗意图

春风依然难以吹到夷陵，因而百花也没有开放。这两句把作诗的时间、地点和小山城夷陵的偏远环境导致早春未到的气象描摹得十分清楚，春风暗喻皇恩，从而体味到诗人那种初到陌生地方的寂寞和被贬谪的怅惘。前句问，后句答，足见破题的巧妙，后面又留有空白，元人方回《瀛奎律髓》评价说："以后句句有味。"

颔联承首联"早春"之景象，选择了山城二月中最典型最有当地特色的景物描写，橘子是夷陵的特产，而山城因为寒冷，还有残雪压在枝头，映出橘子红中带黄的颜色，很欢喜，还有冬眠许久的竹笋在一声春雷下也破土而出，有白有红有绿，颜色清新，韵味十足的一幅早春画卷展轴而开，寄托了不怕挫折、昂扬向上的积极情怀。

颈联从触景生情、抒发感慨，回到被贬谪的现实，"夜闻归雁生乡思"睹物思乡，"病入新年感物华"忧伤叹病，感慨时光流逝，景物变迁。诗人贬谪小山城，心情烦闷，辗转反侧，在床上听到北归鸿雁的声声鸣叫，勾起了诗人浓浓的乡愁，自己之前任所的洛阳就相当于第二故乡，联想到当下的处境，久病未愈，还抱病进入新的一年，一下感慨万千，思绪如麻。

虽有万千感慨，但是诗人并没有因此而消沉，于是尾联自我安慰"曾是洛阳花下客"，所以"野芳虽晚不须嗟"。"我"以前曾经在牡丹盛开的洛阳尽情欣赏过美丽的春色，眼下也无须因这里的花迟开而唉声叹气，还是在这偏僻的山城等待春暖花开吧。不写伤愁，更让人体会到伤愁的分量，也暗示自己一定会被朝廷重新信任的一种积极向上的心境。

整首诗写景自然，一见就体味春天的盎然，抒情自然，不矫揉造作，将景色与情感互相交错，在寂寞愁苦中不悲观、不消沉，坚信只有经受得住挫折才能得到磨炼，一种旷远的政治家情怀已经初现。其语言流畅平易，章法结构跌宕起伏，写景抒情虚实相生，对扭转当时西昆诗派作家群体浮华堆砌的诗风有很大的影响，也逐渐实现了他的宋诗诗风的革新主张，他的诗形成了独特的风格。

（二）

《水谷夜行寄子美圣俞》这首诗是欧阳修在庆历四年（1044）的初秋写的。那年的四月至七月，欧阳修奉命到河东（治今山西太原）考察政事，非常之忙碌，一刻不停地巡行辖区，处理赋税事务。七月还京途中，有一天晚上路过水谷（今山西芮城西北中条山一带），他想到了在京师时饮酒赋诗的盛会情景，特别是自己的好友苏舜钦、梅尧臣两人当时作诗的情景，于是在途中写下了这首至今负有盛名的五言古诗，诗中评价了两人的诗歌风格，以慰藉两位好友。此诗也被后人作为评价苏舜钦、梅尧臣两位诗人诗风的重要依据。且看此诗：

水谷夜行寄子美圣俞

寒鸡号荒林，山壁月倒挂。

披衣起视夜，揽辔念行迈。

我来夏云初，素节今已届。

高河泻长空，势落九州外。

微风动凉襟，晓气清余睡。

缅怀京师友，文酒邀高会。

其间苏与梅，二子可畏爱。

篇章富纵横，声价相摩盖。

子美气尤雄，万窍号一噫。

有时肆颠狂，醉墨洒霶霈。

譬如千里马，已发不可杀。

盈前尽珠玑，一一难柬汰。

梅翁事清切，石齿漱寒濑。

作诗三十年，视我犹后辈。

文词愈清新，心意虽老大。

譬如妖韶女，老自有余态。

近诗尤古硬，咀嚼苦难嘬。

初如食橄榄，真味久愈在。

苏豪以气轹，举世徒惊骇。

梅穷独我知，古货今难卖。

二子双凤凰，百鸟之嘉瑞。

云烟一翱翔，羽翮一摧铩。

安得相从游，终日鸣哕哕。

问胡苦思之，对酒把新蟹。

全诗一共分四段。第一段，是"寒鸡号荒林"至"声价相摩盖"，写由夜行水谷所见的景色联想到京师的文酒高会，尤其怀念苏、梅二人。全诗共四十八句，题目中的"水谷夜行"是全诗的引子。首两句写夜行的感受，首句"寒鸡""荒林"给人以寂寥荒凉的感觉，"山壁月倒挂"是描写月将落的夜景，如临其境，生动形象。三、四句写赶路的情景。五、六句写在寂静的空间里，就会回忆自己刚离开京师时，还是夏天，现在已经到了秋天，衬托出自己离开京师已经很久。接下来写天将破晓，"高河泻长空，势落九州外"读来气势磅礴，境地开阔。九、十两句写清晨的寒气消除睡意，自然而然地"缅怀"起了京师饮酒赋诗的盛会，尤其是自己所关爱的苏舜钦和梅尧臣二人。"畏爱"是说苏、梅二人是可敬又可爱的朋友。接着引出了他评论两人的诗句，先是总评价他们二人的创作很丰富，题材也很丰富，声名自然非常高，更是难分上下。然后开始分论述两人诗的不同风格。

论诗这部分旁征博引，通过比喻将抽象的艺术特色变得形象鲜明，我们可以从形象的比喻中准确地把握苏舜钦和梅尧臣两位诗人的不同诗风。欧阳修的《六一诗话》中就写道："圣俞、子美，齐名于一时，而二家诗体特异。子美笔力豪隽，以超迈横绝为奇；圣俞覃思精微，以深远闲淡为意。各极其长，虽善论者不能优劣也。余尝于《水谷夜行》诗略道其一二。"

第二段是从"子美气尤雄"至"一一难束汰"，描述和评论苏舜钦的才气。诗中评价苏舜钦作诗气势雄健，如大风陡起，万穴皆鸣；而其书法洒脱奔放、波澜壮阔。一个才华横溢的诗人和草书书法家的形象就尽显诗中了。

第三段是从"梅翁事清切"至"真味久愈在"，描述和评价梅尧臣的诗风。这段专写梅尧臣的诗风是恬淡的、清新的，和苏舜钦雄放的诗风形成了鲜明的对照。欧阳修称梅尧臣为"梅翁"，这种称呼体现一种亲切中见尊敬的意味。其中也评价了梅尧臣的诗都是追求"清切"的，就如泉水冲击锐石，清隽而又清冽。"石齿漱寒濑"中暗用孙楚"漱石枕流"的典故，十分形象生动。哪怕"作诗三十年"仍旧保持"文词愈清新"，所以把梅尧臣的诗风亲切幽默地比喻成"妖韶女"，他的诗风带有半老徐娘风韵犹存的精彩味道。最后四句写梅尧臣的诗风由恬淡到古朴硬朗，功夫老到。他作诗的功力越深厚，就越少有人懂他的诗意，需要像细细咀嚼橄榄一样，才能品赏隽永的味道，不然就失去这样的好诗了。

第四段是从"苏豪以气轹"至诗末，用比喻同情和盛赞苏、梅二人。第一层中讲到苏舜钦的诗气势豪迈，世人徒然觉得惊骇；梅尧臣诗穷而后工，也不为世人赏识。这些诗句包含了欧阳修对评价梅尧臣的当世舆论的不满，看得出在推荐和宣传梅尧臣的诗的功力和高超的艺术表现力上煞费苦心。"二子"六句为第二层，把他们推崇备至地比喻为"双凤凰","云烟"一句则表现出欧阳修对他们的遭遇深感不满和不平。苏、梅二人犹如大家心目中的祥瑞之物"凤凰",大家应该对他们加以尊重和爱护,不能刚一施展才能,就受到"摧铩",这也足见当世非常嫉妒他们俩的贤能。最后两句表达了欧阳修在"新蟹"风起时,想到自己又是独行,于是对他们俩产生了浓浓的想念之情,只能作诗寄回聊表心意。

这首古诗能够一韵到底,词汇又丰富明丽,稳妥贴切,显示了诗人的深厚功力。因此,此诗不仅是欧阳修的代表作之一,也是宋诗代表作之一,尤其是以议论入诗。唐代的杜甫就善用七言绝句论诗,而韩愈则更擅长用长篇的古体来论诗,比如《孟生诗》《醉赠张秘书》等,韩愈的《醉赠张秘书》就有"君诗多态度,蔼蔼春空云。东野动惊俗,天葩吐奇芬。张籍学古淡,轩鹤避鸡群"的诗论。欧阳修在古诗上深受其影响,也以古体来论诗,这篇《水谷夜行寄子美圣俞》就是与韩愈的古体一脉相承,但又与韩愈的古体不同,不是通篇论诗,而是先叙事和写景,语句利落且凝练,却又见景中怀情,然后转入对两位好友诗风生动地描绘和恰如其分地评价,对社会上排斥他们的现象直接表达了内心的不满与不平,最后又以抒发欣赏和想念之情结束。整篇诗文有韩愈作诗的影子,脉络清楚且简洁有力,但又绝非单纯的仿照,写法比韩愈更开拓、更广阔、更创新,字里行间又有强烈的艺术感染力,令人耳目一新。

(三)

欧阳修于宋仁宗庆历五年(1045)八月时被贬到滁州(今属安徽)任知州,做了两年多的地方官。庆历八年(1048),欧阳修又改任扬州知州,这首《别滁》就是那时候有感而作的。

别　滁

花光浓烂柳轻明，酌酒花前送我行。

我亦且如常日醉，莫教弦管作离声。

　　欧阳修是一个达观之人，他即使身处逆境也能够过得自得其乐。他的散文《醉翁亭记》就是在滁州的两年多期间留下的写山水之美、游宴之乐、与民同乐的千古名篇。他对滁州的山川风俗非常有感情，作了取材于当地风物的许多诗文。这首诗为告别滁州时，于吏民设宴饯行的席间所作。

　　首句便把饯行的场景写得春光灿烂，柳明丝轻，如此美好，点明告别滁州的时间是在光景优美的春天。滁州地处南方，气候较暖，尤其万物苏醒的春天令人心情舒坦。次句叙事，写当地吏民特意在花前摆酒席为欧阳修饯行，当时气氛热烈隆重，这能够反映出官民同乐以及百姓对这位贤官的一片深情。后两句是抒情，诗人把自己矛盾、激动的心情以坦然自若的语言含蓄地表达了出来。后两句原以为是以乐衬悲，结果诗人写道："我亦且如常日醉，莫教弦管作离声。""且"也透露出诗人离开滁州的不舍，才让他们"莫教弦管作离声"，诗人对于离别也是故作平静。这里虽然地理偏远，但是民风淳厚，诗句含蓄地表达诗人饱含依依不舍之情感，更表达百姓和他之间亲切友好的感情，这使诗人的内心久久不能平静，百感交集。

　　其次是移情入景，借物言情。与一般描摹离愁的诗作有大不同，它落笔舒卷自如，托物抒怀，旷达隽永，语言更是通俗易懂，音节流畅自然，读来感人。这与宋初盛行的追求华丽辞藻、内容空洞的西昆体诗风形成鲜明对照。诗人欧阳修以简单、朴实、明快的诗风力矫时弊，委实是名不虚传的北宋诗坛一大名家。

（四）

　　丰乐亭是宋仁宗庆历六年（1046）欧阳修任滁州知州时建造的。亭子建在滁州西南琅琊山的幽谷泉上。欧阳修当时还特地写了《丰乐亭记》来记录建亭的整个过程。《丰乐亭游春三首》作于宋仁宗庆历七年（1047）。

丰乐亭游春三首

其一

绿树交加山鸟啼，晴风荡漾落花飞。

鸟歌花舞太守醉，明日酒醒春已归。

其二

春云淡淡日辉辉，草惹行襟絮拂衣。

行到亭西逢太守，篮舆酩酊插花归。

其三

红树青山日欲斜，长郊草色绿无涯。

游人不管春将老，来往亭前踏落花。

　　丰乐亭周围的景色四季都非常惊艳。这组诗则是选取春景而作的，从惜春之意描摹到醉春之态，最后抒发恋春之情。

　　第一首开头两句描写了春天树影婆娑，绿意盎然，隐藏在树叶中的鸟在枝丫上欢快地啼叫着。和煦的微风吹来，花瓣徐徐飘舞，一片灿烂浪漫。鸟儿歌唱，花儿伴舞，如此明媚的春光令人心醉。明天醒来时，真担心春天瞬间不见了。此首诗从听觉（鸟啼）到视觉（落花）描写出令人陶醉的美景美物，自然界的热闹也反衬出了暮春时的山之幽静。诗人表面说醉了一天，实际是醉了整整一个春天，这样夸张的手法除了表达春景的短暂外，也包含了对人生光华岁月流逝的惋惜和身在官场体会到险恶之境的极为复杂的感情。

第二首前两句说天气晴朗，云淡日辉，地上草木茂盛，杨花和柳絮都洒落在游人的衣裳上，一个"惹"字写出了春天欣欣向荣之娇态，一个"拂"字描摹出春意撩人，写活了春景。第三、四句写游人来到了丰乐亭，在亭西就遇到了一个双鬟和衣襟上插满花卉，坐在晃晃悠悠的竹轿上大醉而归的太守，他一副酒脱不羁的样子，这写出了诗人爱春、醉春的潇洒之举。

第三首前两句写红树、青山、一望无际的碧草。一晃，已经到了暮春时节，游人包括诗人自己还是兴之所至，踏着缤纷落英，到了丰乐亭，欣赏着漫山遍野的春景。"来往亭前踏落花"反映出诗人对暮春将去的惆怅心情。

三首诗都是前两句写多姿多彩之景，后两句抒含意深厚之情。情到深处，余音袅袅。全诗气韵生动奇特，寓意也很深远。

（五）

欧阳修这首《秋怀》诗，写的章构和大部分为悲秋而单单悲秋的诗不一样，起因为见秋天，深究却是因国事而产生的归乡之感慨，表现了他热爱生活和关心国事、忧国忧民的复杂感情。

秋　怀

节物岂不好，秋怀何黯然？

西风酒旗市，细雨菊花天。

感事悲双鬓，包羞食万钱。

鹿车何日驾，归去颍东田。

首联中，诗人先以一句反问句开头，谁说秋天的时令景物不好呢？

接着又问一句，在如此美好的秋天，"我"又为什么会感到深深的悲伤呢？接二连三的反问句，一下子突破了历代诗人写秋思的诗文章法，他们一般总是先写秋风萧萧，一片悲凉，从而抒发内心的悲伤和黯然，如《登高》中的"无边落木萧萧下，不尽长江滚滚来"。诗人欧阳修这样的诗文一下子能令人跟随他内心的思绪，诗人到底悲伤什么？这让诗充满悬念。出人意料的是，诗人的颔联却又不再续写内心悲伤的原因，转而写秋天的美景和美物："西风酒旗市，细雨菊花天。"纯白描的手法，不仅描摹出了秋天这个季节典型特有的风物，更是烘托出诗人对自然、对生活的喜爱之情，这两句有着杜甫"细雨鱼儿出，微风燕子斜"用字的凝练清新。秋风徐徐而来，悠然自适，吹动着酒旗，细雨蒙蒙润泽着秋天的菊花。这样清新婉婉、情韵皆具的风景令人神往，这样遵循着自己思维的跳跃而写，也是后来的江西诗派极力推崇的诗风。欧阳修师学韩愈，大部分诗的特色是讲究用字平易朴素，洗尽铅华且不事雕饰。

此诗的颈联终于回答了为什么诗人会心情黯然。原来诗人不仅仅是见秋伤秋，而是对当朝、对国家大事充满忧虑，愁得诗人双鬓灰白。诗人欧阳修作为政治家看到了国家的问题，对朝廷提出了对策，但是朝廷没有采纳他的建议，诗人又觉得自己白白拿了国家的俸禄，碌碌无为。"包羞食万钱"和唐朝诗人韦应物写的"邑有流亡愧俸钱"意思类似，觉得愧对国家的俸禄，过着于国无补的苟且生活。所以，诗人发出了向往归田的感慨，什么时候能满足推着鹿车，回归田园，去颍东（今安徽阜阳）耕田植桑的愿望呢？鹿车，是诗人借用佛家用语，以喻归隐山林。诗人欧阳修于皇祐元年（1049）任颍州知州，他非常喜欢颍州的西湖风景，于是在那里选择了一个地方居住，还约好友梅尧臣在那里买地，以后一起在颍州过归隐的田园生活。

全诗的章法结构非常灵巧，有情有景，欧阳修越是盛赞秋景，越是衬托出他内心忧国忧民的愁思。诗人想重归田园和秋景其实无关，而是和朝廷的官场生态有关，他的悲秋和厌弃浮沉的官场有关。欧阳修与范仲淹等人曾极力推行"庆历新政"，但是推行失败，欧阳修被贬谪至滁州，虽然后仍重新起用，但是在作此诗时，他对这件事仍旧未能忘怀。诗人的求归和《世说新语》中的吴人张季鹰类似，也有避祸之意。

（六）

《明妃曲和王介甫作》和《再和明妃曲》是于宋仁宗嘉祐四年（1059）和王安石《明妃曲二首》诗而作的。这两首是欧阳修平生得意之作。两首诗从叙事到抒情，从抒情到议论，跌宕回转，气势严正，形象鲜明。

明妃曲和王介甫作

胡人以鞍马为家，射猎为俗。

泉甘草美无常处，鸟惊兽骇争驰逐。

谁将汉女嫁胡儿，风沙无情貌如玉。

身行不遇中国人，马上自作思归曲。

推手为琵却手琶，胡人共听亦咨嗟。

玉颜流落死天涯，琵琶却传来汉家。

汉宫争按新声谱，遗恨已深声更苦。

纤纤女手生洞房，学得琵琶不下堂。

不识黄云出塞路，岂知此声能断肠！

再和明妃曲

汉宫有佳人，天子初未识。

一朝随汉使，远嫁单于国。

绝色天下无，一失难再得。

虽能杀画工，于事竟何益。

耳目所及尚如此，万里安能制夷狄！

汉计诚已拙，女色难自夸。

明妃去时泪，洒向枝上花。

狂风日暮起，飘泊落谁家。

红颜胜人多薄命，莫怨春风当自嗟。

第一首的前四句，类似散文的诗语，重点描写胡人的游猎生活，暗示匈奴和汉族之间的生活习俗有着巨大差异。接着写明妃以汉女之身远嫁匈奴单于，如花似玉的明妃穿梭在风沙横行的沙漠中，连一个中原人都看不见，衬托其远嫁的生活环境之苦。接下来用"推手""却手"来描写弹奏琵琶的样子，即一推一放，以琵琶之声刻画明妃满腔哀思，连匈奴听了也感叹不已，写法与王安石"沙上行人却回首"相似。琵琶"新声谱""传来汉家"后，"声更苦"的明妃的遭遇没有激起"汉家"同胞的同情和悲愤，反而把明妃的思乡曲看作是"新声谱"，把自己的欢乐建立在明妃的痛苦之上。

仁宗时西夏入侵，而君臣却仍喜欢粉饰太平，享乐如常。宫中"纤纤女手""学得琵琶不下堂"，根本不清楚边塞有多凄苦。"不识黄云出塞路，岂知此声能断肠"正是诗人对于不作为又居安不思危的朝廷的揭露与谴责。这首诗没有重点写明妃的个人遭遇，诗人则是从汉族和匈奴的生活习俗讲起，他议论国事，却谈琵琶"新声"，这便能从小中见大。

第二首着重描写明妃远嫁的原因，就事论事，当看到皇帝因画工丑画昭君致其失美色而"杀画工"，却不反省自己的"未识"，诗人发出了"于事竟何益"的慨叹，写下了脍炙人口的警句："耳目所及尚如此，万里安能制夷狄！"眼前一个人的美丑都没有分辨清楚，在万里之外的"夷狄"的强弱虚实就更加不能全面了解了，又怎能制定出制服"夷狄"的有效的安边之策呢？这句诗反映出了诗人深刻的历史见解，诗人由小及大，由近及远，就国家大事发表了精辟议论，并且饱含激情。自然而然地，诗人有了一个"汉计诚已拙"的理性判断。汉代的"和亲"与宋代的"岁币"同是为了求和而出的下下策，直接借汉讽宋。紧接着，诗人写"女色难自夸"而转回明妃，她因容貌被丑画，导致和亲的悲惨结局，泪洒枝上花，狂风吹落繁花，就"花"与"泪"来生动渲染悲剧气氛，一收前面议论的笔锋，改用委婉含蓄的手法结尾，深深感慨"红颜胜人多薄命，莫怨春风当自嗟"，诗人对明妃的个人悲剧表现出无限同情，以及表达了对"和亲"下下策的深刻批判。

总之，第一首诗是揭露"汉宫"根本不知道边塞的苦难，第二首诗更加直接揭露"和亲"这样的策略是下下策，是"拙"的，诗人欧阳修在当时借汉言宋有强烈的现实意义。虽以文为诗但也不失诗味，结合全诗来读，其具有动人心魄的艺术力量。叶梦得在《石林诗话》中评价欧阳修诗"始矫昆体，专以气格为主"。

（七）

俗话说"日有所思，夜有所梦"，在古代诗歌中，以梦为主题的诗不少，借梦寄情或抒情的也不少。写梦或梦中作诗为数不少。欧阳修这首《梦中作》是绝句，四句诗四个梦境，叙述不同的意境。欧阳修是怎样通过对梦境的记录，来反映他当时跌宕起伏的复杂心理的呢？且看：

梦中作

夜凉吹笛千山月，路暗迷人百种花。

棋罢不知人换世，酒阑无奈客思家。

看到欧阳修这首诗，就想起唐朝诗人杜甫写的《绝句》："两个黄鹂鸣翠柳，一行白鹭上青天。窗含西岭千秋雪，门泊东吴万里船。"其非常体现明代杨慎在《升庵诗话》中分析的绝句现象：绝句一句一绝，每句写一个场面、一层意思。而诗人欧阳修写绝句就借鉴了这种写法。诗中四句都用工对，也是仿照和学习了唐代诗人杜甫《绝句》的写法。整首诗从"秋夜""春宵""棋罢""酒阑"等四个不同的梦境烘托诗人的心境，内容看似散而不一，但在感情主线上却是浑然成一体的。

第一句就是诗人的第一个梦境，叙述自己站在一轮明月郎照的千山万壑之中，环顾四周亮如白昼，在夜凉如水、万籁俱寂中，诗人衣袂飘飘地站在其间，拿起笛子吹着，如泣如诉的笛声在杳无人烟的千山中萦绕着，声声呜咽……这一切让人深深体会到那时的诗人心情是如此的孤独和悲伤。这首诗大概写于宋仁宗皇祐元年（1049）贬谪在颍州任知州时，当时诗人尚未被朝廷重新起用。在一片寂静中，那种无人体味的孤独显然就是仕途失意的写照。

第二句就是诗人的第二个梦境，叙述诗人一下子又站在开满了各色花儿的一条小路上，幽深昏暗，面对百花盛开的场景，诗人觉得迷惘不已，不知道应该往哪儿去。本来，欧阳修非常喜欢赏花，百花灿烂应该正逢春日，更应该是阳光明媚，但是眼前却暗无天日，一下子凄然不已，把春夜的景色写得那样扑朔迷离，其实就是暗喻他未来的人生道路，不知应向何方走，不知前程几何。情境朦胧，诗语隽净。

第三句就是诗人的第三个梦境，诗人借王质观仙人下棋，一局终了，发现斧柄已腐朽了，再度回到自己生活的村中，却已经过了几百年的传说故事来比喻世事变化无常。诗人不知道和谁下棋，下了好久好久，一局终了，居然不知道人间已过了几朝几世，衬托出诗人有一种超脱

49

人世的清冷感。短短几年官场，却经历了很多磨难，诗人内心的烦闷和苦楚及深深的失意，让他把无常的世事演变成一盘棋，一下棋转眼百年即逝，这也隐含了诗人对现状的无奈之情和消沉之态。

第四句就是诗人的第四个梦境，叙述诗人在梦中又喝醉了，踉踉跄跄地走着，思念家人、思念家乡的愁绪油然而生，表达了诗人心想超脱凡尘，但是又不能一下忘却人世的复杂情感。诗人号醉翁，遇到烦心事也经常借酒浇愁，映衬出诗人对自己前途的忧虑，希望能够避开祸事回到家乡。"诗言志"，读完全诗，欧阳修此诗寓意清晰，寄寓了诗人既想超脱时空又非常留恋人间的仕与隐的矛盾思想。

◎ **诗人小传**

欧阳修（1007—1072），字永叔，号醉翁，又号六一居士，吉州吉水（今属江西）人。宋仁宗天圣八年（1030）进士，官至翰林学士、枢密副使、参知政事。曾支持范仲淹的"庆历新政"。晚年因与王安石政见不合，退居颍州。喜培养后进，苏洵父子、曾巩、王安石皆出其门下。卒谥"文忠"。为北宋诗文革新运动的领袖，为"唐宋八大家"之一；诗学韩愈、李白，古体高秀，近体妍雅；词婉丽。与宋祁合修《新唐书》，独撰《新五代史》。有《欧阳文忠公集》《六一词》《六一诗话》等。

七、苏舜钦——热情奔放开面目

苏舜钦是欧阳修所推崇和庇护的诗人，虽然说他的诗作和梅尧臣齐名，但他诗作上的成就不如欧阳修，更不如梅尧臣。他的祖父苏夷简与岳父杜衍都曾做过宰相，显然他是出自名门的贵公子，长得伟岸且清奇，为人慷慨豪气，胸有大志，草书写得非常好，一时间无论冲着他的家世还是冲着他的才气，很多豪门俊士都跟随着他。苏舜钦担任集贤校理时，胆大无畏，按照惯例将所拆奏封的废纸换钱以办酒庆赛神会，挪用公款召来歌女，与同事和朋友们一起饮酒作乐。当时他非常支持改革派的好友范仲淹，这些场景正巧被保守派的人看到，于是保守派立马弹劾，攻击他偷盗奏封纸，证据确凿，苏舜钦被朝廷除名，同席的人也没能置身度外，一律被免官。一时，他在京城也没法待下去，被逼离开京城，南下到了江苏苏州，买了一个园林别墅，里面建了一个亭子，取名为"沧浪亭"。过了几年，朝廷复用他，但他还没赴任就去世了，年纪非常轻，只有四十二岁。七律《览照》"铁面苍髯目有棱，世间儿女见须惊。心曾许国终平虏，命未逢时合退耕。不称好文亲翰墨，自嗟多病足风情。一生肝胆如星斗，嗟尔顽铜岂见明"就是苏舜钦的自画像。

（一）

苏舜钦的《淮中晚泊犊头》，被认为是宋代七言绝句代表作之一，是他被逐出京城后，南下苏州，路经淮河时写下的一首作品。

淮中晚泊犊头

春阴垂野草青青，时有幽花一树明。
晚泊孤舟古祠下，满川风雨看潮生。

犊头是淮河边的小镇。这首诗写的是春天的一个晚上停船在犊头小镇的所见所感，写景抒情，极富变化。前两句，写舟行水上时所见的景色。春天的阴云布满天空，天灰蒙蒙的，笼罩着原野，无边的春草、青青的野草之"青"与"幽花"之"明"，格外醒目，这灰云、绿树、野花，勾勒出一幅春景图。诗人内心充满着愉悦之感，同时也因乌云密布而担心风雨将至。

后两句，写诗人视天气情况决定将小船傍着古祠停泊。这一夜果然风雨交加，而诗人则安稳坐于古祠中，听风声雨声，观春潮奔涌，何其快哉！"满川风雨看潮生"这一句意境壮阔辽远，景中见情，联想到他刚经历的宦海险恶、人际波涛，表现出了诗人的心潮随江南的河潮起伏变化着，这句诗可与唐朝诗人韦应物《滁州西涧》中的名句"春潮带雨晚来急"相媲美，有着无限的"象外之象""味外之味""言外之意""弦外之音"。

（二）

被迫离京，南下到苏州的苏舜钦一直抑郁不平，国家的前途、个人的命运时刻萦绕心头。有一天，天起大雾，而且整天不散，苏舜钦便作了这首《大雾》。我们来看：

大 雾

欲晓霜气重不收，余阴乘势相淹留。

化为大雾塞白昼，咫尺不辨人与牛。

群鸟啁啾满庭树，欲飞恐遭罗网囚。

四檐晻蔼下重幕，微风吹过冷自流。

窃思朝廷政无滥，未尝一日封五侯。

何为终朝不肯散，焉知其下无蚩尤？

思得壮士翻白日，光照万里销我之沉忧！

宋仁宗庆历三年（1043），范仲淹在出任参知政事时，推行他酝酿已久的新政。范仲淹欣赏诗人苏舜钦，故推荐其担任集贤校理协助其推行新政。新政根本无法顺利推行是因为受到了朝中势力非常强大的保守派的强烈阻挠。第二年，苏舜钦也因保守派弹劾而被朝廷除名，其时任宰相的岳父杜衍、好友范仲淹也在不久之后被罢官，新政宣布失败。在这样的背景下，诗人写下了这篇《大雾》。

诗的前八句写雾气浓重。诗人描述道：天快亮了，由于浓重的霜气还滞留着，所以就化作了满天大雾，在咫尺之间都分辨不清是人还是牛；鸟儿成群，叽叽喳喳一阵乱叫，想要飞动又害怕被抓捕；屋檐下昏昏沉沉的，好似挂了一层厚厚的帘幕，微风一吹，冷气就流动了。通过视觉、听觉、感觉的描述衬托出晨雾的浓，也从侧面映衬出诗人当时的处境，"霜气""余阴"也是影射当时黑暗奸佞的保守派，群鸟就是意指包含自己在内的改革派，遭受沉重打击，正处艰难困境中。

后六句转写诗人当时被除名后的感慨。诗人想通过写雾景来抒发对当政的不满，但是在写时却有意反向抒发内心的感慨，只是表达朝廷政令都是符合天意的，天子也没有滥用奸臣，现在的境地，主要是奸臣当道，一手遮天，有像蚩尤这样的恶人在作怪。诗人疾呼，想要出现一位能够驱散迷雾推出白日，让阳光普照万里，能澄清天下的壮士来消除忠臣心间的忧患，以重遇清明。这六句写得很巧妙，把对朝廷的不满寓于蚩尤布雾的典故中，突出位居高位的奸臣作乱，为天子开脱所有的责任，保持了诗人温柔敦厚的宗旨。

全诗语句朴质无华，表面上是咏物，实质是寓言体式的讽喻。从着意渲染这浓雾到纵横议论，诗句豪放雄健，内容关乎现实，抒发诗人内心之愤慨，此诗当属政治讽喻诗中的佳作。

（三）

一般来说，苏舜钦写景物的诗不以再现它们的自然美见长，而是有很强的主观评价，以议论为诗。比如《过苏州》中的"绿杨白鹭俱自得，近水远山皆有情"，《越州云门寺》中的"老松偃蹇若傲世，飞泉喷薄如避人"，里面景物的形象映射了诗人的真性情。字里行间有些像李白写的山水诗，但又有所区别，诗人不直接描写景物，而是让人去体味当时的境地，这样的写法又有些像柳宗元了。在苏州创作的《初晴游沧浪亭》就是这种写法。

初晴游沧浪亭

夜雨连明春水生，娇云浓暖弄阴晴。

帘虚日薄花竹静，时有乳鸠相对鸣。

沧浪亭在今天的江苏省苏州市内，原来是五代时吴越广陵王钱元璙的花园（一说是吴越中吴军节度使孙承祐的别墅）。庆历五年（1045），南下的苏舜钦用四万钱购得此池馆，并在池馆内建了一个亭，取名为"沧浪"。这首诗写于庆历六年（1046）的春天，写的是雨后初晴所见到的园林景色。当时诗人因受人诬陷而被革职为民，被逼南下居于苏州已一年多了。一年多来，他常常携酒单独前往沧浪亭，或吟诗，或驻足，或漫步。

诗的前两句写远景。首句"夜雨连明春水生"，写诗人目睹沧浪亭边的池水经过一夜春雨一下子涨高了很多，原来这场春雨下得还挺大。诗人就地取材于雨后春云的变化特征来写江南春天的天气。雨下得既久又大，为写"初晴"之景作了铺垫。虽然一下子又放晴了，但是由于空气湿度大，天时阴时晴的，云朵也是又浓又密，和风吹拂，阳光从云缝里偷偷地斜射下来，春天的娇云也带上了些许暖意，慢慢地由阴转晴。诗句中的"弄"是作的意思，是吴越的方言，表现出诗人对新晴的喜悦。

苏舜钦《初晴游沧浪亭》诗意图

后面两句描摹沧浪亭景色。第三句"帘虚日薄花竹静"是诗人的视觉感受，写和煦的阳光透过了稀疏的帘子，很柔和。而亭外的花和竹经过一夜春雨的滋润，此时静静地伫立在那里。诗人用"帘虚"和"花竹"直接写周围的静。末句"时有乳鸠相对鸣"是诗人的听觉感受，写初生之鸠对鸣，用声音突出沧浪亭周围的静，以有声衬无声。

初读这首诗，题目中的"初晴"并没有在诗文中直接体现，但是从诗句诸多描写中可以明了，站在沧浪亭间的诗人观春水、望春云、看帘后阳光、赏花竹、听乳鸠鸣叫……这一切勾勒出了江南雨后初晴园林内的景象。诗人退居苏州，内心还是愁闷的，只能够在这"初晴"的幽静里寄托内心的忧思，同时，我们从诗中也可体味出诗人脱离险恶官场后的一种庆幸之情。诗人在《沧浪静吟》中写"静中情味世无双"，其实他的内心深处仍是难以平静。这首诗有着陶渊明《归园田居》中"久在樊笼里，复得返自然"的相似情感。

（四）

苏舜钦在苏州退居时也写过一些积极向上、热爱生活、充满情趣的诗。下面这首《夏意》所表现的就是他豪放达观的心态。

夏　意

别院深深夏簟清，石榴开遍透帘明。

树阴满地日当午，梦觉流莺时一声。

这首诗的大意是：窗外的石榴花盛开，透过垂挂的竹帘，映红了虚堂。正是中午时分，浓密的树荫隔断了暑气，"我"一觉醒来，耳边传来黄莺断续的啼唱。

夏季白天长，夜晚短，而且中午又是温度较高的时候，那么午睡自然成了一种惬意的养生方式。各个朝代的诗人将午睡的各种情趣展现在诗句中。唐朝诗人柳宗元在《夏昼偶作》一诗中写道："日午独觉无余声，山童隔竹敲茶臼。"宋朝诗人张耒在《夏日》一诗中写道："黄帘翠幕断飞蝇，午影当轩睡未兴。"这些诗句都将午睡写得非常轻松、有趣。

此首诗作前三句描绘出一个清凉幽静的世界，以衬托诗人午睡的舒适和惬意。第一句写午睡的场所。诗人休息的小院非常幽静，诗人躺在清凉竹席上，很是舒适；"深深"又是叠词，读来清亮平远，给人以凉爽之感，笔致轻巧空灵，让人直观感受到午睡的地方很是宜人。第二句写小院外的环境。诗人休憩的小院内是一股清凉，院外同样让人心静。诗人躺卧着休憩，透过帘子看窗外盛开着的石榴花，而石榴花色彩明丽但不失柔和，没有刺目之感，仿佛能够催眠似的。第三句综合点出中午时分，庭院深深，曲径通幽，绿荫满地，凉意沁人，一幅午睡美景图呈现，结构自然工巧，更体现了诗人独特的美学追求。此时所有条件都符合了午睡，而诗人跳过午睡，直接写到了酣然入睡，骤然而醒，笔调活泼，"梦觉"后听到的断断续续的黄莺鸣啼声，衬托出了环境的清幽。诗人睡醒后舒适满足，和夏天午后的炎热烦闷成鲜明对比，诗人的洒脱不羁形象跃然纸上，有陶渊明"自谓是羲皇上人"的飘逸风情。诗人文字清而不弱，此诗读来好似有微风拂面的感觉。

（五）

石延年，字曼卿，与苏舜钦是诗友，交往密切，情谊颇深。庆历元年（1041）二月，曼卿在京城去世，苏舜钦通过《哭曼卿》这首挽诗，将对曼卿的深情厚谊尽显其间。

哭曼卿

去年春雨开百花，与君相会欢无涯。

高歌长吟插花饮，醉倒不去眠君家。

今年恸哭来致奠，忍欲出送攀魂车！

春晖照眼一如昨，花已破蕾兰生芽。

唯君颜色不复见，精魄飘忽随朝霞。

归来悲痛不能食，壁上遗墨如栖鸦。

呜呼死生遂相隔，使我双泪风中斜。

石延年是一个洒脱幽默、多才多艺的人，与欧阳修、梅尧臣、苏舜钦一起从事诗文革新运动。他的诗歌和书法在当时享有很高的声誉。石延年去世时才四十八岁。苏舜钦闻得曼卿突然去世的噩耗，恍如遭受晴天霹雳，不禁痛哭不已。这首挽诗从"突然"这一点入笔，用对比手法，衬托诗人的悲伤情感。一年前的春天还和好友曼卿一起聚会畅聊的情景和一年后为他送葬的场景对比强烈，让人体会到，曼卿的去世是多么出人意料，这也更加突出诗人苏舜钦内心的悲痛欲绝。

开始四句写去年春天的时候和石延年聚会，当时春雨绵绵，百花盛开，觉得欢喜得很。聚会时还发生了一些趣事，一个是边插花边"高歌长吟"，十分快乐；一个是醉倒后"眠君家"，说明两人的亲密无间。紧接着，就以"今年恸哭来致奠"使气氛陡转急下，突出了曼卿去世的突然，"恸哭"表明诗人悲伤至极，"春晖照眼一如昨"与"春雨""百花"相呼应：今年虽然百花已经盛开，春光明媚依旧，但故人却不能再相见了。"花已破蕾兰生芽"与"插花"相呼应：去年相聚时插的花已破蕾，兰已生芽，这样的良辰美景，可惜插花的主人却已经远离人间了。但在诗人心中，曼卿没有去世，而是"精魄飘忽随朝霞"，好友曼卿的灵魂化作了朝霞，这表现了诗人对亡友的无限深情。

末尾四句写诗人送葬归来后，悲伤不已，不能进食，目睹墙壁上好友的书法遗作，不由得黯然神伤。石延年的书法独具一格，《诗人玉屑》卷十七中评论其"气象方严遒劲，极可宝爱，真颜筋柳骨"。最后，诗人发出了生死之隔不可逾越的悲叹，遗墨在前，而音容却难以再现了。今中含昔，忆昔痛今。

此诗真挚奔放，构思精巧，诗句中的悲痛之情对应了诗题中的一个"哭"字，非一般的挽诗可比。

◎ 诗人小传

苏舜钦（1008—1049），字子美，原籍梓州铜山（今四川中江），出生于开封（今属河南）。宋仁宗景祐元年（1034）中进士，曾担任大理评事、集贤校理等职。因支持范仲淹的改革举措而被保守派弹劾攻击，导致除职，之后在苏州闲居，盖了别墅，称之为"沧浪亭"，寄情于山水之间。后来被朝廷重新起用为湖州长史，还没有去赴任就去世了。与欧阳修、梅尧臣等一起参与诗文革新运动。诗与梅尧臣齐名，风格豪放且雄健，善草书。有《苏学士文集》。

一晴觉夏深

诗样年华 SHI YANG NIANHUA

一、王安石——含蓄隽永不畏险

欧阳修是北宋中期主宰中国政治文化各方面的重要人物。他奠定了宋代文化盛世的基础，开创了宋代文学的新体制，确立了宋诗特有的新风格。他又是非常著名的伯乐，有意物色或培养宋代新文化领袖型的接班人，特别寄望于后起之秀王安石和苏轼，这两个人也果然不负所望，到了北宋后期，他们俩无论在诗坛上还是政治上，都成了出类拔萃的领袖级人物。虽然两人在政治上所走的路线并不相同，王安石

王安石像

时常违逆欧阳修的政见，而苏轼则追随欧阳修的理想，但在诗上的价值和成就，两位都青出于蓝而胜于蓝，远远超越了宗师欧阳修，其中苏轼是北宋最伟大的诗人，而王安石也绝对称得上是北宋诗坛的一位大家。

王安石生于宋仁宗即位前一年（1021），一直聪慧有加，在庆历二年（1042）二十二岁时就已进士及第。此时的欧阳修已经三十六岁，王安石比欧阳修还早两年考中进士。所以欧阳修对这位小老乡非常赏识，就想培养和提拔他，帮他在京城里安排好的职位。奇怪的是，王

安石对当时位高权重的欧阳修如此明显的欣赏反应很是冷淡，也没有靠近欧阳修，更没有感激欧阳修。在欧阳修政治活动活跃的仁宗时期，他居然一再主动地请求留在地方，他向别人解释的理由是，做地方官薪水比较高，更重要的是在地方上会有更多的时间读书。《韩持国见访》中有这样两句诗："治民岂吾能，闲僻庶可偷。"其实，王安石留在地方任职，真正理由还是觉得欧阳修等老一辈重臣尽管恢复了儒家的崇高地位，建立了文化的新体制，但还是喜欢纸上谈兵，没有真正关注人民的幸福，无心也无能力去重新创造儒家思想的真正境地。所以王安石拒绝和欧阳修他们在京城一起为官，他宁愿到地方，去深入了解体会百姓疾苦。这种深入田间地头的见闻和经验是远离百姓的欧阳修他们所不具备的，也拉开了王安石与欣赏他的欧阳修等重臣的距离。

（一）

王安石长期在地方任职，目睹贫富悬殊，由此他很多诗的内容都是描述百姓疾苦，以提醒高高在上的统治者要关注民生。比如王安石写的五言古诗《兼并》以"三代子百姓，公私无异财"开始，以"有司与之争，民愈可怜哉"结束，就借用在古代是没有私有财产制度的典故，接着批评自秦以来的地主兼并恶习，最后毫不留情地攻击当道官吏的腐败，表达对百姓深切的同情，诗人的感情非常清晰分明。又如题为《发廪》的诗，其题目是开仓廪发粮赈济之意，"后世不复古，贫穷主兼并"也是主张恢复古代制度，反对"兼并"之风，救援贫穷百姓。因为"三年佐荒州，市有弃饿婴"的惨烈故事，所以"愿书七月篇，一寤上聪明"。

然而悲催的是，和他价值观同频共振的人少之又少，他也深知，这样的提法会触犯所有利益集团的利益，他在《次韵吴季野再见寄》中写的"邂逅得君还恨晚，能明吾意久无人"就说明他内心的极端孤独。而王安石写的《黄菊有至性》就非常明显地表达了自己关心百姓贫苦、孤芳自赏不同流的感情。

黄菊有至性

团团城上日，秋至少光辉。

积阴欲滔天，况乃草木微。

黄菊有至性，孤芳犯群威。

采采霜露间，亦足慰朝饥。

前四句是说，宋朝现在的发展状态虽然表面还像是城墙上明亮的太阳，但实际上已经到了晚秋，乌云仿佛要笼罩整个世界，何况是微弱的草木，比喻贫苦的百姓得不到朝廷的照拂。后四句用黄菊来比喻诗人自己，在凋敝的秋天，黄菊却是最耐看的，也是高雅傲霜的，在深秋不畏严寒开放，至情至性，扛住周围百花的威胁或压力，唯我独尊，孤芳自赏，撷取傲霜凝露来充实清晨的饥肠辘辘。诗人要像屈原那样，以高贵纯洁的品性自视。

宋嘉祐元年（1056），彼时王安石已经三十六岁了，当时在首都任群牧判官期间，与政界和文坛界均是大佬的欧阳修初次见面。欧阳修对这个一直关注着的后辈兼老乡的印象极佳，觉得无论为政还是为文都后继有人了，他非常兴奋。欧阳修写了一首七律《赠王介甫》，我们可以从字里行间感受到欧阳修对如此有才的后辈的欣赏之情。"翰林风月三千首，吏部文章二百年。老去自怜心尚在，后来谁与子争先。朱门歌舞争新态，绿绮尘埃试拂弦。常恨闻名不相识，相逢樽酒盍留连。"诗句中的"翰林"与"吏部"，分别指李白与韩愈，足见欧阳修对王安石的期许之高。但是，王安石对当时这位政界和文坛的大佬仅仅报以礼貌性的敬意，而不是乘机靠近欧阳修，以取自己职场和文坛所需。这从侧面反映了王安石的政见和欧阳修不同，他不喜靠近三观和自己不一致的人，哪怕其位高权重，这也体现了他正直且孤傲的个性。

王安石不仅与欧阳修政见不同，在文学方面也时有诗性相左的地方。在作诗的原则上，王安石和欧阳修一样，也是反对浮华的西昆体，主张诗要有思想，如《兼并》等诗，表达了他强烈的社会意识和鲜明的政治见解，两次变法失败后写的《拟寒山拾得二十首》自"风吹瓦堕屋，正打破我头"至"遍了一切法，不如且头陀"，其中更是体现了他旷达的人生观与哲学思想，从表达形式和思想主张来看都是欧阳修的延长线。但是他们又有所不同，欧阳修总体偏叙述，喜说理，少抒情，王安石写的七绝《韩子》"纷纷易尽百年身，举世何人识道真。力去陈言夸末俗，可怜无补费精神"，间接批判欧阳修极力推崇的韩愈式文风。诗句大致意思是人生很短，不过百年，即使终生追求真理，又有多少人能够体悟？而王安石特别欣赏杜甫，有很多诗的风格都在模仿杜甫的诗，尤其是创作律诗之时。王安石之所以特别欣赏杜甫，是因为杜甫也是关心政治和民生的诗人，三观和王安石一致；同时杜甫作为诗人，其诗恰到好处的抒情性也是王安石推崇他的原因之一。王安石欣赏唐诗的抒情性，为此还编撰了一本《唐百家诗选》，虽然选取的所有诗人不见得都有代表性，但是这书是唐朝之后最早的选集之一。

（二）

王安石在古诗上有很高的造诣。文道合一是王安石的文学主张，这位著名的政治家始终把文学创作和政治活动密切地联系在一起。古诗《明妃曲二首》（其一）在谋篇布局上自如婉转，四句一转韵，每韵一意，跌宕起伏，全篇富于变化。这首诗最成功之处不在其表达的形式，而在于其立意高格，寓意深刻。

据民间传说和相关文献，汉元帝是按图来选择美女共度良宵的，当时的王昭君不肯贿赂画师毛延寿，被故意画丑而导致长期深锁宫中，为了边境和平，最后远嫁匈奴单于。辞行时，汉元帝见到了美若天仙的王昭君，懊悔不已，随即杀了画师毛延寿以泄心中之悔愤。经过历代的传诵，王昭君的故事内容越来越传奇，越来越丰富，成为历代诗人吟咏、怀古的重要题材。这首诗是王安石在宋仁宗嘉祐四年（1059）写就的，和历代写王昭君的诗不一样而轰动一时，引起强烈反响，当时著名的诗人梅尧臣、欧阳修、司马光等都有和作。

题目《明妃曲》是汉乐府的旧题。而明妃就是中国古代四大美女之一的王昭君，名嫱。现在留存世间的最早吟咏王昭君的当属西晋而石崇的诗作，而石崇是一个富甲天下、爱美人而惨遭灭门的粗俗之人。其中"昔为匣中玉，今为粪上英"这两句诗和现代的俗语"一朵鲜花插在牛粪上"意思相似。在唐代吟咏昭君的诗最出名的要数杜甫的《咏怀古迹》，诗中描写了昭君凄凉的身世："画图省识春风面，环佩空归月夜魂。千载琵琶作胡语，分明怨恨曲中论。"这几句诗成了唐代吟咏王昭君的绝唱。到了宋代，只有王安石的《明妃曲二首》（其一）突破了唐代杜甫诗的格局和寄意，堪为新声。

明妃曲二首（其一）

明妃初出汉宫时，泪湿春风鬓脚垂。

低徊顾影无颜色，尚得君王不自持。

归来却怪丹青手，入眼平生几曾有。

意态由来画不成，当时枉杀毛延寿。

一去心知更不归，可怜着尽汉宫衣。

寄声欲问塞南事，只有年年鸿雁飞。

家人万里传消息，好在毡城莫相忆。

君不见咫尺长门闭阿娇，人生失意无南北。

王安石这首诗，前八句有叙述，有描写，有议论，写出了昭君出塞的前因后果。前人写昭君的美，往往在面容、体态上竭尽笔力，而这首诗采用正面描写和侧面烘托结合的艺术手法，着重描摹其绝世风采、绝世神韵和纯洁浓情的心灵世界。一开始昭君离宫时的情形，就是从正面刻画她的光彩夺人，又从君王的眼中作了更深的描绘，其绝代佳人的神采宛然可见，从而表达了诗人对她远嫁匈奴离开祖国的深切同情。诗的第一、二句写明妃也就是昭君要离开汉宫之时，非常伤心地低低啜泣着，满眼满脸都是泪，在风的吹拂下，鬓发也蓬松了，那顾影自怜、两鬓低垂、脸色苍白、楚楚动人的样子，更加映衬昭君是天姿国色。这使得第一次见到昭君的君王非常惊诧，送走单于和昭君后，君主回到汉宫就责怪画工毛延寿，并因此杀了他以泄愤。因昭君的出塞，其"泪湿春风""低徊顾影"的动人神韵如何都无法再见了。由此诗人写出了惊人的警句："意态由来画不成，当时枉杀毛延寿。"这是说，昭君神情姿态的美，怎能是用一支画笔描摹得出来的呢？还是君主错杀了他，这么美，谁能画得出？君王你真是错杀了毛延寿。这两句诗最能体现王安石的别具匠心。历来对于昭君的遭遇，人们都把责任扔给了画师，认为是画师蒙蔽了皇帝所致，应该宽恕皇帝，但是王安石别出心裁地改变了这传统写法，为画师翻案，也侧面表明了昭君的美不是用笔能描摹得全的，就不应该借助画像识别美丑，而应亲眼去品评鉴赏。王安石见微知著，更深层次地表达了：事物如果不亲自观察、考验，仅凭别人转述，能够识别事实真相吗？大而言之，能够识拔真才吗？

后面八句，写昭君与故土渐行渐远，她也深知归国无望。岁岁年年一晃而过，昭君仍然穿着汉服，想写信问问故土的家事国事，可是年年只有南归的大雁。家人传来消息，希望她在匈奴安耽生活，不必思念家乡的人和事。这几句体味出昭君远嫁匈奴后的寂苦悲伤，以及深深的思念家乡之情。末句同样写出新意，写的是：你没见到吗？陈阿娇被关在近在咫尺的长门宫里，一个人失意，在什么地方都一样，没有南北地域的区别。用一句设问句来力劝昭君不必思家念人，人生失意不在于地点在哪里、时间在何时，皇帝是否有恩情才是悲伤的根源，这渲染了整首诗的悲剧氛围。

历代不少诗人都写到昭君寄家书的事，但是王安石反写是家人寄家书给昭君，让她安心在匈奴，而昭君无法寄家书给当朝，其构思也是别具一格的。后人很难超越王安石这首写昭君的诗的高度与力度。

中间几句，写昭君出塞后不着胡服而"着尽汉宫衣"，又"寄声欲问塞南事"而年年空见鸿雁飞来，却渺无"塞南"音信。诗人用了"可怜"两字，但不像前人那样只写其身世之可悲，而着重表现了她不忘故国、不忘亲人的心灵之美。

整首诗寓意深而诗句清丽，字字抒情，用诗的语言和小说手法刻画人物，而琢句婉丽、抒情缠绵，显示了王安石诗歌艺术手法的多样化，因此他的诗歌表现能力更强。歌颂明妃一代佳人，离乡去国，不以私人恩怨而改变一颗爱国之心，在警示当朝和有些贤才因私人恩怨而投靠他国的行为上是有着现实意义的。以当时的时代背景来读王安石的诗，才能真正读懂它，也读懂他。

（三）

文学史上写友情、写爱情的诗作星罗棋布，写兄妹之情的少之又少，王安石的《示长安君》就是写兄妹之情的七律，在文学史上也实属难得。这首诗言浅情深，感情真挚却又质朴自然，也说明了王安石是一个重视亲情、重视家庭、有情有义之人。

示长安君

少年离别意非轻，老去相逢亦怆情。

草草杯盘供笑语，昏昏灯火话平生。

自怜湖海三年隔，又作尘沙万里行。

欲问后期何日是，寄书应见雁南征。

这是王安石写给妹妹长安君的一首诗。长安君，名文淑，是工部侍郎张奎的妻子，长安县君是其封号。作为兄长的王安石打小就和妹妹感情深厚，此次分别了三年才相见，却要又一次与妹妹分离了，古时交通不便，离开的日子一定会很久，王安石很是牵挂妹妹，相逢之愉悦和再度分离之伤悲溢于言表。"示"是兄长写给妹妹用的古语。

诗以议论起，用递进法展开。首联的大意是年少时分离，情意不轻，心境已不平静；如今到了老年，连相逢也觉伤感。这两句直抒胸臆，强烈表达了不舍之情。而其中"老去"二字也体现王安石内心对仕途前程迷茫的深深失意之感，从青年到不惑之年还不能实现人生理想，其失落和失意可想而知，但又不能随意表露和表达，只有对妹妹这样亲近的人才能吐槽，重要的是能够得到手足情深的妹妹的理解和安慰。但是，短暂的相逢只能使人更觉伤悲。而且年纪大了，见一次就少一次了。

颔联"草草杯盘供笑语，昏昏灯火话平生"是为人传诵的名句，叙述了家庭生活中的细节，运用传神的叠词描摹出了一个温暖的家庭氛围，以烘托手足情深和家庭的和谐之乐。"草草杯盘"和"昏昏灯火"同时也衬托出了王安石妹妹的俭朴。生活虽俭朴，感情却是丰富的，对于一直在外奔波的兄长，妹妹用自己朴实和真挚的情感来送别。席间欢声笑语，灯下推心置腹。"供""话"二字便是写出王安石和妹妹边吃饭边在灯下谈笑风生的情景。诗人很难一直享受到温暖的家庭氛围，因为又要别离，时间又要"三年隔"，地点又在"尘沙"中，还得"万里行"，这真是难得相逢，又得别离。但是为了实现理想，王安石虽然"自怜"，但还是远行。诗人最后对妹妹说，到了大雁南飞的秋天，他就会寄信告诉妹妹重逢之日，既是安慰，也是自信。

全诗情韵相生，既稳重又欢脱，既有情又感伤，把家庭质朴的生活细节写入诗，语言传神，而亲情更是自然。

（四）

王安石非常擅长绝句。严羽曾说："荆公绝句最高，得意处高出苏黄。"而六言诗起于汉魏，盛于宋朝。宋六言诗写得最好的当属王安石，而王安石作的六言诗中又以《题西太一宫》最为著名，传诵非常广，当年的苏轼和黄庭坚都分别作了和韵诗。陈衍《宋诗精华录》卷二录此诗，共两首，被评价为王安石诗的"压卷"之作。诗大概作于熙宁元年（1068）。王安石在景祐三年（1036）时跟随父亲和兄长来到汴京，曾游历西太一宫，当时他是一位满怀壮志更满怀豪情的十六岁青年。王安石的父亲在第二年就到了江宁任职通判，一家人又跟随父亲来到江宁。父亲王益在王安石十九岁时于江宁去世，葬于江宁，家人后来就决定在江宁安家了。到了嘉祐六年（1061），王安石任知制诰，也就是专掌内命、典司诏诰的官吏，那年他母亲在其任所去世后，他立马扶柩回江宁安葬，又在江宁居丧。熙宁元年（1068），已经四十八岁的王安石奉宋神宗之诏入京，准备变法，他重游西太一宫，这一次离初游已经过去三十二年。重游旧地时，想到在初游与重游之间的三十二年岁月里，父母双亡，事业无成，王安石一下子感慨万千，一气呵成题下了这两首六言绝句，字里行间自然流露着王安石的真情实感。

题西太一宫壁二首

其一

柳叶鸣蜩绿暗，荷花落日红酣。

三十六陂流水，白头想见江南。

其二

三十年前此地，父兄持我东西。

今日重来白首，欲寻陈迹都迷。

第一首六言绝句，是王安石重游西太一宫时触景生情，一气吟成，并且题在墙壁上的，也就是所谓"题壁诗"。

第一、二句描写夏日胜景。远远望去，浓郁的柳叶深绿如烟，其间传来了阵阵知了的鸣叫。夕阳西下，落日映照着池中的荷花，花瓣上平添了几分红晕。这两句色彩有着鲜明对比，"绿"至"暗"，描写柳叶之浓密，鸣叫的知了在浓绿的柳叶间，不见其形，但闻其声，视觉和听觉浑然一体，可体会闹中见寂。"红"至"酣"，用拟人的手法让人联想到美人醉酒时脸上泛起的重重红晕。柳高荷低的动人场景和美好画面在眼前一一浮现。

另外，王安石在对偶上狠下功夫，讲究工整，柳叶对荷花，绿暗对红酣，很是和谐自然，也暗指诗人在游玩时已近黄昏。

第三、四句由景及情，写的是淡淡的烟雾笼罩着这三十六陂间潺潺流淌的绿水，波光闪耀，使得"我"这个白发人，不由得想起了江南的风土人情。诗人从地名相同的汴京三十六陂联想到江南扬州三十六陂，又加上眼前花红柳绿蝉鸣，宛如江南的好风景，沉浸其间的诗人自然地想起了江南的景、江南的家。"白头"也和上两句中"绿暗""红酣"对应，说不清是什么滋味在心中，却波澜四起。从描摹眼中的水到回忆江南的流水，触景生情，其中夹杂了诗人对年华易逝的伤悲，思念亲人的真情，以及因漂泊异地、事业无成的失意。

而在第二首中，"三十年前此地，父兄持我东西"这两句是诗人回忆初游西太一宫的情景。三十多年前初游这地方的时候，诗人还年少，当时父亲和兄长牵着他的手，从东一直游玩到西，他的心情很是欢悦。而岁月匆匆流逝，三十多年过去了，"我"已经都白了头，父亲已经去世，兄长也不在身边，当年三人一起游玩的快乐情景，再无从寻找了，表现了诗人对当年和父兄同游的欢乐至今都无法忘却，很是眷恋。这首诗言浅意深，言尽情浓，通过初游与重游的对照，表现了人生三十多年间发生的三大变化，有人事的变化，有家庭的变化，又有个人心情的变化。据北宋蔡京之季子蔡绦写的《西清诗话》，后来苏轼见了这浑然天成、韵味流畅的六言诗，"注目久之，曰：此老野狐精也"。"野狐精"，在这里是个褒义词，表达了苏轼对王安石写诗技巧的折服，当时还提笔和作了。后来黄庭坚见了诗，也有和作。宋六言绝句就王安石的这两首传播最广了，足见其诗的成就和魅力。

（五）

宋神宗熙宁八年（1075）二月，王安石东山再起，再次拜相，奉诏回京，离开江宁。江宁是王安石在景祐四年（1037）随父王益定居的地方，他第一次罢相后就回到了江宁钟山（今南京紫金山）。经过扬州，在泊船瓜洲渡，遥望金陵时，王安石写出了这首千年传诵、脍炙人口的七言绝句。瓜洲是长江北岸有名的渡口，在今天的江苏扬州市南，京口与瓜洲相对，在长江南岸，是今天的江苏镇江市。钟山在江苏南京市北，又名紫金山。此诗作为王安石的代表作之一，除了体现宋朝诗人以文入诗、以理入诗外，还体现了宋朝诗人在字句上的推敲，有以晚唐诗人贾岛为代表的苦吟诗风。宋洪迈《容斋续笔》记载，王安石写这首诗时，"又绿江南岸"中的"绿"字就改了十多次，换了十多个字，从"到"改"过"，再改为"入""满"等，最后才改定为"绿"字。《童蒙诗训》云："文字频改，工夫自出。"宋人许顗写的《彦周诗话》赞誉这首诗"超然迈伦，能追逐李杜陶谢"。

泊船瓜洲

京口瓜洲一水间，钟山只隔数重山。

春风又绿江南岸，明月何时照我还？

第一、二句，诗写泊舟，先从渡江写起。"京口瓜洲一水间"，写的是距离近，同时也侧面衬托船走得快，笔调很是轻松欢畅。在京口和瓜洲中间横亘着一条长江，瓜洲离诗人的家很近，诗人以依恋的心情遥望着相隔了几座山岭的钟山。"数重山"的间隔描述得很平常，用"只隔"二字好似钟山就在咫尺，反映了诗人在远行至京城时对家的依依不舍。

对于看起来很近但是望而不见的钟山，诗人感到很是无奈，就把目光转向了江的两岸，还是江岸的春草更能代表诗人的思归之心。诗的第三句"春风又绿江南岸"，讲的就是明媚的春风吹绿了长江两岸，这一"绿"字形象化地展示了春风的魅力和作用。长江两岸，一个万物更新、满目翠绿的春天呈现在所有人面前，春风也代表着皇恩，宋神宗下诏恢复了王安石的相位，表明宋神宗还是要推行新法，句中体现了诗人再度被朝廷召用的欢欣心情。这种心情，用"绿"字表达，极其富于表现力，最微妙，最含蓄。

这个"绿"尽力地表达着诗人浩荡情思的同时，还透露了诗人内心的矛盾。变法图强是王安石的政治理想，但正因为主张变法而让他被罢相，朝廷上政治斗争激烈且复杂，对于这次重新被召用，他内心也会产生重重顾虑，因此退居江宁草堂，吟咏山水和日常变成了他的生活理想。

　　整首诗的布局更是体现王安石写诗的深厚功力。诗人频频回望，不觉夕阳西沉，皓月当空，江岸的春色消失在朦胧的月色中。诗人对钟山的不舍更加浓烈，所以就以设问句式写道：这明亮的月光什么时候能照着"我"回到钟山下的草堂？自己终将会回钟山的草堂的强烈渴望，在这个问句中喷薄而出。整首诗意境深远，布局新奇，使该诗成为传世名作。

（六）

　　王安石一生体恤百姓，希望推行新政来使宋朝国富民强。新政的推行几次遇阻，王安石也因为得罪利益集团而二次拜相，二次被罢。元丰三年（1080），王安石退职闲居金陵钟山。从宋神宗熙宁二年（1069）至元丰四年（1081），新法仍在施行，国家风调雨顺，天下太平，作为改革的先锋者王安石感慨万千，于元丰四年（1081）专门作了两首诗，称颂时事状况，《后元丰行》是第二首。可能受韩愈《永贞行》的启发，该诗也以年号为诗题，而在构句铸词、谋篇立意方面基本效法杜甫，但又和杜甫诗的内容不同：杜甫多以诗歌记事，反映或揭露社会现实；而王安石写的这首诗是把变法改革的理想和现实相结合，为变法写了一首赞歌，充满了理想主义色彩。

后元丰行

歌元丰，十日五日一雨风。

麦行千里不见土，连山没云皆种黍。

水秧绵绵复多稌，龙骨长干挂梁栿。

鲥鱼出网蔽洲渚，荻笋肥甘胜牛乳。

百钱可得酒斗许，虽非社日长闻鼓。

吴儿踏歌女起舞，但道快乐无所苦。
老翁堑水西南流，杨柳中间杙小舟。
乘兴敧眠过白下，逢人欢笑得无愁。

全诗分为三个部分。第一部分是开头两句，"歌元丰，十日五日一雨风"，是诗人放声歌唱，元丰年真是个好时光：气候融畅，十日下场雨，五日刮次风，顺顺当当的。元丰年间国家风调雨顺，"五风十雨"也是新法的象征，新法的实施让国家如春风化雨，万物更新，百姓安宁。

第二部分是中间六句，歌颂元丰年间五谷丰登、物产丰富的盛况。"麦行千里不见土，连山没云皆种黍"，写麦田一望无垠，连绵千里的麦子翻腾着麦浪，长得茂茂盛盛的，覆盖了原野；无边无际的原野里种满了黍麦，满山的谷子与天际的云彩相连，散发着扑鼻的芳香。由于雨水充足，长势喜人，以映衬秋后的粮食丰收。"水秧绵绵复多稌，龙骨长干挂梁栮"，写水田里稻子青青连年丰收，富足有余，所以今年的农田里特地还种了可以酿酒的糯米。雨水充足，抗旱用的龙骨水车被闲置在檐下派不了用处。"鲥鱼出网蔽洲渚，荻笋肥甘胜牛乳"两句写的是：渔网上的鲥鱼活蹦乱跳的，满满一网；长在水边的荻芽，味道又肥又甜，远远超过了牛乳甘甜的滋味。诗人通过描绘鲥鱼、荻笋的美味，渲染了江南鱼米之乡的富庶和农民生活的幸福。

第三部分是最后八句，歌颂元丰年间人民的美好生活。"百钱可得酒斗许，虽非社日长闻鼓"总述农村生活的欢乐气氛。沽到一斗酒才花百十个小钱，不是社日，乡亲四邻一起带上酒肉、社糕，搭棚于树下，先祭土神，然后一起吃饭喝酒，庆丰收的锣鼓声喧天。再分述青年人与老年人各自的快乐情景。"吴儿踏歌女起舞，但道快乐无所苦。"因为当下的一切都美满如意，青年男女们通过踏歌跳舞来表达欢声喜气，都彼此交流着内心的快乐，没什么愁苦。而农村的老年人看到丰收在望，就乘着小船进城寻亲访友，有时在杨柳间系上小舟，停下来看着金陵满目的美景，遇到的人都那么欢乐，好不乐哉！诗人也抒发了自己喜悦的心情。王安石与多数宋代诗人一样，喜欢以学问为诗，但是他能够驾驭将学问化字为诗，这是一种很高的艺术素养。这首诗就有《礼记》的结构技巧，丝丝入扣，但是又化之无痕，用其意而不用其语，用字言浅意深，具有韵中有味的艺术效果。

王安石再度被罢相以后，还是继续受到人身攻击，他身居钟山草堂，心系变法，忧思千万，如果说之前写的《元丰行示德逢》诗是讲述变法的成效，那么此诗进一步用国富民安的景象，证明新法完全符合治国安民之道，全诗格调轻松流转。王安石放声歌颂元丰时政，也是歌颂自己力推新法的胜利，诗中流露人生得意的欢乐心情，同时歌颂宋神宗有"修礼达义，体信达顺"之功。

（七）

王安石晚年眼看着自己的政敌司马光拜相后，将他制定的新法全部废止。他已经退居江宁几年，对于新法全部废止的消息，他对外显示平静淡然，但内心是非常痛苦的，仿佛"杀"了他亲手抚育的孩子，"杀"了他治国的理想。所以，他此时写的诗都是把内心悲愤之意寄予平淡的景物中，骨子里对富国强民的愿望一直是执着坚守的，初心未曾改，也绝不和政敌妥协求和。王安石所作的诗表现了他人生不同阶段的思想。从变法得到宋神宗支持的得意到政敌上场推翻政法的失意，从豪情壮志到黯然归隐，王安石的政治理想虽然没有彻底实现，但他的变法理念对于北宋后期的经济甚至至今都产生了深远的影响，也为自己留下了人生中精彩光华的一笔。我们再来看一首《北陂杏花》：

北陂杏花

一陂春水绕花身，花影妖娆各占春。

纵被春风吹作雪，绝胜南陌碾成尘。

这是一首吟咏杏花的七绝，杏花本来就长得鲜艳而不俗。前两句写景状物。首句写杏花长在池塘中一块隆起的高地上，围绕着盛开的杏花是满塘的春水，一个"绕"字，令水的轻柔婉转一下子跃然纸上。傍水的杏花倒映在水中，风姿绰约，相映成趣，格外明艳动人，花和影各自占领这春光美妙的一席之地。"妖娆"二字，形容在如此清幽的环境中的杏花倒影荡漾，映衬临水杏花神韵独具可爱之处，也映照了诗人晚年闲淡的情怀。

三、四句是抒情和议论。杏花四面环水，即使被无情的春风吹得像雪花那样飘入清澈的池水中，也不妨碍纯洁的芳魂在水面上漂游，丝毫不会被玷污；比长在路旁的杏花，飘在地上就遭到车马碾人脚踏，最后化为尘土要好得多。"纵被"和"绝胜"相呼应，而"作雪"与"成尘"暗指高尚与污浊。诗人一直积极力推新政，后又被迫归隐江宁，有着一份为坚持自己理想而献身的悲壮心境。

整首诗有直接描写，有侧面描写，有描绘，有议论，使得全诗曲折有致。诗人赞许"北陂杏花"宁守孤寂也要保持高洁，讽刺南陌杏花一时坐拥繁华，却难保一生洁身自好，衬托出诗人崇尚高洁的品格。陈衍在《石遗室诗话》中说："皆山林气重而时觉黯然销魂者。所以虽作宰相，终为诗人也。"

（八）

王安石在朝廷任宰相的数年间政务繁忙，作诗作得并不多，在宋神宗元丰年间（1078—1085），王安石一直住在南京郊外，埋头读书、思索、著述，其间作了不少诗。宋熙宁九年（1076），王安石再次被罢相后，心如死灰，彻底放弃了推行新政，后退居钟山。那时诗人深感灵魂的孤独，而且处境也非常艰难，一日看到了院内墙角傲雪盛开的梅花，就写下此诗，这也如他的一幅自画像。

梅　花

墙角数枝梅，凌寒独自开。

遥知不是雪，为有暗香来。

　　这是一首咏物诗。首句点题，庭院的墙角边有几枝蜡梅花，第二句写梅花冒着严寒独自盛开，从中点出了梅花开放的节令气候，凸显

王安石《梅花》诗意图

了梅花凌霜傲雪不和百花争奇斗妍的品性。三、四句以议论寓意，写的是远远望去盛开的梅花宛如一片一堆白雪，迎面有一阵阵暗香扑来，因此知道那根本不是雪，这两句因果倒装，让整首诗摇曳生姿，跌宕有致。全诗寥寥数语，字浅情切，王安石直接说出不是雪，反而彰显新意，突出了梅花不畏寒冷，暗香扑鼻，神韵天然。

根据宋代惠洪在《冷斋夜话》中的记载，一次王安石去拜访一位高人，恰巧那位高人不在家，于是就在墙壁上留了言——题下了这首《梅花》诗。这首诗，王安石表面上是在咏梅，实则是通过咏梅来衬托那位高人如梅花般高洁的品性和风骨，也反映了诗人王安石傲然、高洁、倔强的人格。

王安石化用前人"只言花似雪，不悟有香来"的诗句，留下了千古传诵的"遥知不是雪，为有暗香来"。其实诗的好坏不在于前人是否写过类似题材的诗句，而是要别具一格，哪怕在无人注意的"墙角"，创造出自己独特的意境，才是真正埋没不了的"暗香"。

王安石在极度失意中度过了他生命中的最后几年。元丰八年（1085），宋神宗去世，司马光东山再起后就立马废止了王安石的一切"新法"，恢复所有旧制，恢复旧制仅仅一年后，王安石就去世了。总之，王安石的诗如其人品，有精神洁癖，有过人的感性，倾向抒情，但没有陷入悲伤不自拔。

◎ 诗人小传

王安石（1021—1086），字介甫，号半山，封荆国公，世人又称王荆公，抚州临川（今江西抚州）人。北宋著名政治家、思想家、文学家、改革家，"唐宋八大家"之一。他于宋神宗熙宁二年（1069）拜参知政事，开始实施所谓"新法"的政治经济改革运动，次年拜相，主持变法，因守旧派反对，在熙宁七年（1074）被罢相。一年后，他再次从江宁起用，在熙宁九年（1076）旋又被罢相，自此退居江宁。元祐元年（1086），保守派得势，新法皆废，王安石郁然病逝于钟山（今江苏南京），谥号"文"，故世称王文公。虽然推行新政最终没有成功，但他确实是个伟大的政治家。从南宋至清末，世人对王安石在政治上的评价大半是否定的，但诗史上对王安石评价却极高。王安石一生潜心研究经学，著书立说，被誉为"通儒"。王安石在文学中具有突出成就。其诗"学杜得其瘦硬"，无论是早期反映社会现实的政治诗，还是晚年退出政坛后的写景诗、咏物诗，皆擅长说理与修辞，在北宋诗坛自成一家，世称"王荆公体"。在传世留存的《临川先生文集》一百卷之中有三十八卷是诗，收有古诗约四百首，律诗绝句约千首。欧阳修曾作诗盛赞王安石："翰林风月三千首，吏部文章二百年。老去自怜心尚在，后来谁与子争先。"

二、苏轼——豪放旷达集大成

宋仁宗嘉祐六年（1061），苏轼二十六岁，开始了仕途生涯，首站是在陕西凤翔，出任判官。三十岁左右回到朝廷，在史馆就职。在充当敌国辽派遣的使者的伴官时，辽使经常背诵苏轼和他的父亲苏洵、弟弟苏辙的作品。这说明他的文名已传到了国外。

作为一代文学家，苏轼在文学造诣上已经超越了他的老师欧阳修。他善于包容他人，平易近人，周围不乏追随他的人才。然而，作为政治家，苏轼并不得志。宋神宗熙宁四年（1071），苏轼因反对王安石变法，自请出京任职，被授为杭州通判。不过王安石对苏轼表现出来的才气是极其欣赏的。由于反对王安石变法，苏轼在任湖州知州时，因谢恩表内容被弹劾讥讽朝政，从而被押解至汴京，入了狱，当时他四十四岁。

苏轼像

欣赏苏轼才华的人都上书求情，他出狱后被贬谪到黄州。苏轼对于困境和逆境始终保持乐观、坚定、旷达的态度，每一次的迁谪也促使他的思想更向往自由，内心更为坚强。

元丰七年（1084），苏轼四十九岁那年，他重新被起用，从黄州前往汝州途中，拜访了已经退隐南京的王安石。其实他们俩彼此欣赏，彼此尊重，棋逢对手，惺惺相惜。王安石很佩服苏轼的才气和人品，也心胸坦荡地评价苏轼"不知更几百年，方有如此人物"。

元丰八年（1085），宋神宗去世，宋哲宗嗣位，保守党司马光出任宰相，新政立马全面废止。翌年（1086），改年号为元祐，王安石在抑郁中离世。新任宰相司马光也接踵去世。苏轼当时作为保守派的最高首领，和弟弟苏辙成了皇太后的重臣。苏轼也成了欧阳修的继承人。只是苏轼不热衷于朝政，再次到杭州、颍州、扬州等地出任知州。他自己也表达了"此生终安归，还轸天下半"的理想。

果然，几年之后政局又轮转了，"旧党"再次旁落，"新党"东山再起。绍圣元年（1094），苏轼再度被流放到岭南惠州，没几年又被继续流放到天涯海角的儋州。在当时交通不发达的情况下，苏轼以旷达的心、乐观的态度，坚持了下来。人生的逆境和困境让他的文学造诣越来越高。七年之后宋哲宗去世，弟弟赵佶为帝，即宋徽宗，1101年改年号"建中靖国"。这一年新帝即位遇赦可北归，但是苏轼在途经常州时就因病去世。

王安石和苏轼两人不仅政见不同，性格和文风也截然不同：王安石性格清奇，不太融入周围环境，有自命清高之嫌疑；苏轼性格豪放、包容，追求自由和乐观。苏轼才学博闻，善于议论，善于想象，更善于比拟，在诗文中常见人生哲理，将宋诗以理入诗、以文入诗的特点发挥得淋漓尽致，不受自我限制。他那旷达温厚的性格，使他的诗文完全摆脱对悲伤描写的执着。欧阳修、梅尧臣是有意要摆脱伤情之诗格，而到了苏轼这个阶段，已经是挥洒自如了，不仅积极向上，还能多角度进行观察，以表达人生中处处可悟得的哲学道理。"吾生如寄耳"，他很主动地把贬谪到黄州、惠州、儋州等的遭遇理解为旅行，在整个漫长的人生中，回首望去，这些都是小事而已，悲哀与绝望会变少，而希望却是每日升腾。苏轼的诗是扬弃悲哀的。

苏轼一生作了两千七百余首诗，在我们看来，苏轼的一生很是坎坷，但这些诗不是在夜晚悲伤中写就的。苏轼的诗有时颇有杜甫揭露社会现实、同情百姓之风，更有陶渊明洒脱超然之风。下面一起来看苏轼的几首诗，以了解和把握其不同时期的人生轨迹。

（一）

苏轼与弟弟苏辙自幼一起，感情甚笃。表达兄弟之情的诗作有很多，而这首诗是苏轼抒发兄弟俩手足情深最早的一首诗。《宋史·苏辙传》是这样描述苏轼、苏辙兄弟俩的情谊的："患难之中，友爱弥笃，无少怨尤，近古罕见。"足见其兄弟情深。苏轼、苏辙兄弟俩不但在宋仁宗嘉祐二年（1057）同科进士及第，之后又在宋仁宗嘉祐六年（1061）同举制策入等。一家两兄弟的才华能够被朝廷屡次认同，这在宋代也实属罕见。《宋史·苏轼传》中说道："自宋初以来，制策入三等，惟吴育与轼而已。"也就是说，自宋朝建朝设立制科考试以来，"入三等"是非常非常难的。第一个入第三等的人是吴育，苏轼是第二个，第三等还分为三等和三等次，吴育实际上是三等次，而苏轼是三等，他是宋朝开国以来开山第一人。对于苏轼这样百年一遇的人才，宋仁宗当时真的是欣喜若狂了。纵观两宋三百多年历史，科举考试中一共出了 118 个状元，在制科考试中却只有吴育和苏轼、范百禄、孔文仲四人"入三等"，可见苏轼多么超群拔萃。

所以当苏轼入了制科三等后的宋仁宗嘉祐六年（1061）冬天，他就被朝廷派到凤翔（今属陕西）任职签判。签判是"签书判官厅公事"的简称，掌诸案文移事务。在宋朝，各州府选派京官充任判官时称签书判官厅公事，简称签判，他的弟弟苏辙为了送兄长赴任，一直从汴京（今河南开封）送到郑州的西门外，然后再返回汴京，侍奉他们的父亲。分离后，苏轼一人骑着马独行，在马上越想越觉得伤感，于是就吟成了此诗。

辛丑十一月十九日，既与子由别于郑州西门之外，马上赋诗一篇寄之

不饮胡为醉兀兀，此心已逐归鞍发。

归人犹自念庭闱，今我何以慰寂寞？

登高回首坡垄隔，但见乌帽出复没。

苦寒念尔衣裘薄，独骑瘦马踏残月。

路人行歌居人乐，童仆怪我苦凄恻。

亦知人生要有别，但恐岁月去飘忽。

寒灯相对记畴昔，夜雨何时听萧瑟。

君知此意不可忘，慎勿苦爱高官职！

在苏轼赴任之前，兄弟俩从来没有分离过，此次苏轼远赴凤翔任职是他们的第一次分离。所以不光是苏轼，苏辙也非常不舍兄长，送兄长一程又一程，一直不舍得分离，直送到郑州的西门外，此时已经离京城一百四十里了。诗的开头四句写离别之苦。不曾饮过酒头脑就

83

已经如醉酒般昏昏沉沉了，自己仿佛就跟着弟弟"归鞍"回京城了，烘托出苏轼和苏辙离别后的精神恍惚状态。这样的开句是非常突兀的，现在还能看到亲人都已经开始思念了，接下来自己从此远离父母居住的地方，那要怎么办？这样的对比，更加突出苏轼对离别亲人的不舍。

"登高"四句抒发别后思念弟弟之情，把复杂的心情十分巧妙地表达了出来，世人都称赞有加。前两句，他与弟弟行走的方向完全相反，登上高处，"回首"遥望弟弟远去的方向，有"坡垄"遮挡视线，弟弟骑马的背影看起来一会儿高一会儿低，只看见"乌帽"在山间时现时隐而已。惜别之情溢于言表，这两句不仅感情真挚，而且将当时的情形描摹得非常形象，它仿佛使我们看到了苏轼频频回望弟弟远去背影的神情。诗句写得很深沉，表达出浓郁的惜别情感。后两句更是显示对子由的忧心。"苦寒"句，怕他回去的路上会受凉，天是这么冷，弟弟衣服单薄，可能忍受？"独骑"句，又担心他途中一个人孤独。画面感简直扑面而来：天冷了，弟弟穿着单薄的衣服，孤单一人，骑着瘦马，披星戴月赶回汴京，"我"心中开始升腾起阵阵不安。"裘薄""瘦马""残月"，更烘托出和弟弟离别以后的寂寞孤冷。

"路人"四句写自己心情悲伤的缘由。前两句是说路过的行人很快乐，边走边唱歌，人们安居乐业，而跟随"我"一起去的僮仆也在奇怪"我"的状态，去赴任这样的喜事为何还这样悲伤呢？他们都不理解"我"的痛苦。后两句写虽然"我"自己也知道人有悲欢离合，人生难免有别，不应该过于悲伤，只是岁月流逝飞快，等到来日，我们便不会回到现在，盛时不再了，从而"我"又陷入悲伤中。

最后四句从上面的回忆过去，接着期待未来，写与弟弟相约早辞官早相聚。"寒灯相对记畴昔"是对往昔兄弟俩相聚的回忆；"夜雨何时听萧瑟"则是对未来再次共同听夜雨萧瑟的期盼。而末尾两句是与弟弟的相约之言：千万不要忘记了我们的约定，也千万不要被高官厚禄纠缠住，以免妨碍我们欢聚，阻挡我们共享闲居之乐。

整首诗从伤离别写到待相聚，描写入微，表达跌宕起伏，有些地方押韵也不按照诗规，但真情实感又行文自如。写这首诗的时候，苏轼才二十六岁，一位才华横溢的青年才俊横空出世。汪师韩《苏诗选评笺释》卷一评价苏轼这首诗说："轼是时年甫二十六，而诗格老成如是。"

（二）

宋仁宗嘉祐六年（1061）冬天，苏辙因兄长苏轼赴任陕西凤翔而送其至郑州，在郑州别离后回京城，作诗《怀渑池寄子瞻兄》寄给兄长苏轼："相携话别郑原上，共道长途怕雪泥。归骑还寻大梁陌，行人已渡古崤西。曾为县吏民知否？旧宿僧房壁共题。遥想独游佳味少，无言骓马但鸣嘶。"《和子由渑池怀旧》这首诗是苏轼的和作。

和子由渑池怀旧

人生到处知何似？应似飞鸿踏雪泥。

泥上偶然留指爪，鸿飞那复计东西？

老僧已死成新塔，坏壁无由见旧题。

往日崎岖还记否？路长人困蹇驴嘶。

苏辙曾被任命为渑池县主簿，那还是在他十九岁时，但是还没去上任，就中了进士，渑池是苏辙和兄长苏轼一起赴京应试路过的地方，当时一起在寺庙中过夜，也一起在寺庙的壁上题诗。如今，苏轼去凤翔府上任，又一次经过渑池，当年寺庙中的奉闲和尚已圆寂，寺庙的墙壁也已经坏了，原来兄弟俩题的壁上诗也无从寻找，只多了一座安放奉闲和尚遗体的新塔。苏辙感慨万千，于是在诗中提到渑池。苏轼和作的韵脚和苏辙的一样，但是整首诗潇洒自如，不受弟弟诗作内容和情感的束缚。

前四句一气呵成，又挥洒自如，云起云落，用"泥""鸿"来一句"飞鸿踏雪泥"这样的巧妙比喻，将人生看成一条漫漫征途，在所到之地留下痕迹后，又将继续前行。就一个人来说，为了谋生、读书、应举、做官，自然会东奔西走。所到之处，如渑池借宿、题壁之诗等事情，就像飞鸿在雪地里短暂休息而留下的爪痕，接着飞鸿毫不惋惜地拍拍翅膀就飞走了，继续向前，或东或西，前程漫漫，只是做短暂的停留，此地不是飞鸿的终点。所以不必在意人生中经历的小事情，那些偶然间留下的痕迹，随时都会化为无痕，这是一种自然规律，是没有必要过于在意和怀念的。这几句诗蕴含了人生哲理，形象生动，寄意深沉，清人纪昀评此诗说："前四句单行入律，唐人旧格；而意境恣逸，则东坡之本色。"这几句诗还被后人浓缩成一个成语——雪泥鸿爪，其比喻往事所留下的痕迹，象征着一种人生态度。

对苏轼来说，所留下的"雪泥鸿爪"是什么呢？曾经见过的老僧奉闲和尚已圆寂，遗体已经入塔，曾经题在墙壁上的诗句已经荡然无存，这些都是人生雪泥中的"鸿爪"，滚滚红尘，往事随风，不必在意。只有兄弟之间的情谊和骑着跛脚的驴子奔波在路上，直至人困驴嘶的往事这类的"鸿爪"才应该深深记在心中，但也属于"鸿爪"而已，一切令人伤怀的事情都会过去，即使想起，也是催着兄弟俩要珍惜现在，奋发向前。在回忆中展望和期待未来，意境阔达。

该诗不仅含有人生哲理，在艺术上也令人佩服，其三、四句用了"单行入律"，打破了三、四句要运用对仗、意思两两相对的限制。也就是说，这两句文字是对仗的，意思不两两相对。"泥上偶然留指爪，鸿飞那复计东西？"从文字看，也是对仗，所含意思是承接前句一起理解，这就是"单行入律"。苏轼顺着自己内心对人生的理解以议论为诗，这样整首诗就非常通透辽阔，富有气势，体现了苏轼积极向上、乐观的人生态度。

宋神宗熙宁五年（1072），苏轼在杭州任通判。这年六月二十七日，他游览美丽的夏日西湖，坐在船上，映入眼帘的尽是美妙的湖光山色，后到西湖旁的望湖楼上喝酒，写下五首七言绝句。诗中提到的望湖楼是五代时吴越王钱俶所建，就在杭州西湖边昭庆寺前面，也叫先得楼、看经楼。这里选的是第一首。

六月二十七日望湖楼醉书五绝（其一）

黑云翻墨未遮山，白雨跳珠乱入船。

卷地风来忽吹散，望湖楼下水如天。

苏轼《六月二十七日望湖楼醉书五绝》（其一）诗意图

这首诗写的是诗人乘船亲眼所见的雨景，他将一场骤雨写得酣畅淋漓又妙趣横生。诗描写暴雨特别能撼动人心。前两句中，以黑云对白雨，如墨的黑云，粗大的雨点，一刹那，乌云翻滚，还没将山峰遮住，雨点就像白色的珍珠般打了下来，连用"翻""遮""跳""入"四个动词，展现一系列动景。用"翻墨"来比喻"黑云"，足见当时的天被乌云压得低低的，含水量非常大，而且来势非常迅猛，一刹那黑云还"未遮山"，暴雨倾盆而下，湖面上溅起无数水花，那雨点比黄豆还大，无数雨珠纷纷溅在船舷上，就像老天爷把千万颗珍珠一齐撒下乱弹入船舱。江南夏季暴风阵雨特有现象便形象地跃然纸上。

第三句是写一霎间，这乌云带来的阵雨顺着风势吹来，也顺着风势吹散了。不到半盏茶工夫，雨过天晴，水映着天，天照着水，水平如镜，好一派明媚温婉的风光。西湖又恢复了宁静，天也又变得瓦蓝瓦蓝。句中连用"卷""来""吹"三个动词描摹又一阵疾风，片刻之间出现了风吹、云散的天气变化，写得有声有色。最后引出第四句"望湖楼下水如天"的天晴，西湖静静的美景又重现了。诗句也随之结束，非常明快。

这样的天气在江南是常有的事，可在苏轼手里、眼里，经他的笔一点睛，就将西湖从静到动又恢复静的样子描绘了出来，充满诗情画意，活灵活现。这首诗和题目中的"醉"侧面衬托了苏轼那豪迈达观的品性，融入了他写诗的艺术风格，将生活的真实度完全嵌入了艺术的真实度中，体现了苏轼潇洒悠然的情致。每一句看似在望湖楼上"醉书"而就，信手拈来，其实无论从构思还是用词都反映出苏轼的笔力深厚，用意精巧。

（四）

苏轼在宋神宗熙宁四年（1071）到熙宁七年（1074）于杭州任通判期间，写下了大量歌咏西湖及周边景物的诗作。下面这首是流传最广、最脍炙人口的一首。苏轼游览西湖时抛开了心中的种种俗念，沉浸在大自然无穷无尽的美丽中，刹那心间澄澈如西湖，觉得周围的一切都无比亲切。

饮湖上初晴后雨二首（其二）

水光潋滟晴方好，山色空蒙雨亦奇。

欲把西湖比西子，淡妆浓抹总相宜。

晴天的西湖，阳光洒在水面，波光粼粼，跳跃又闪烁，非常开朗迷人；雨天的西湖，朦胧的雾气环绕在不远不近的山头，雾去雾来很是奇妙。前两句分别描写了晴西湖和雨西湖的景致，加上了"方好""亦奇"两个词，在写景的同时融进了苏轼的喜爱之情。

后两句苏轼放开来谈自己的感受，不禁忽发奇想：把西湖与西施作一番比较，觉得西湖同西施一样，不管是画着淡雅妆面还是浓妆艳抹，都很是雅致，很是婀娜，很是娇媚，又很是澄明。西施虽然是诸暨人，但诸暨和杭州在古时曾同属越国，而且都有一个"西"字名，苏轼能够将用典用到最高级的手法，就是就地取材。水光潋滟的晴是"淡妆"，是雅致，山色空蒙的雨是"浓抹"，是朦胧，运用拟人的艺术手法且呼应第一、二句描摹的西湖形象。西湖如西施一样，国色神韵皆在或嗔或喜、或颦或笑中了。"欲把西湖比西子，淡妆浓抹总相宜"这两句妙就妙在表面上西子的神韵比喻了西湖的传神风韵，其实西湖的神韵也尽显了西子的栩栩神韵，实则已让西湖和西子密不可分、合二而一了。南宋陈善在《扪虱新话》中说此诗"已道尽西湖好处"，"要识西湖，但看此诗"。以往的诗人，常用花草来比喻美人，而苏轼是反向而行之，把西湖比作西子，就显得很有新意，这个比喻也让人觉得亲切，无论西施淡妆还是浓抹，都非常风姿绰约，联想到西湖无论春夏秋冬还是晨暮雨晴都有无限韵味，这样贴切的妙喻就传出了神韵，这比喻既能意会也能言传。故而这首诗被世人广为传诵，西湖也多了一个名字"西子湖"，而且只要提到"西子湖"，便联想起"淡妆浓抹总相宜"的西子。

诗人一时抒发的才思，自己也很满意，在《次前韵答马忠玉》诗中有"只有西湖似西子，故应宛转为君容"，在《次韵刘景文登介亭》诗中有"西湖真西子，烟树点眉目"。陈衍在《宋诗精华录》中将这一比喻评为"遂成为西湖定评"。其也成为西湖胜景的总括，不是描摹西湖的一处一时，而是西湖胜景全面的评价和写照。我们可以想象苏轼一边欣赏西湖胜景，一边即兴又即景地挥毫写诗，那种洒脱、那种开阔的风范，即兴地将西湖美与西子的美进行比拟，足见诗人的才情横溢，这个比喻堪称神来之笔。可见，一首诗的魅力是难以估量的，一首好诗或一个好句具有超越时间的艺术生命。

（五）

宋神宗元丰元年（1078），苏轼在徐州任知州期间，同诗僧参寥乘船一起游赏徐州的百步洪景观。百步洪在江苏徐州市东南，也称徐州洪，现已经不存在了。那时两岸乱石嶙峋，泗水流经这个地方的时候水流十分湍急，乱石激涛，甚是壮观。苏轼与诗僧参寥泛舟于百步洪下，追怀之前的游览，感慨不已，之后作了两首七言古诗，一首送给好友王定国，另一首送给诗僧参寥。诗前还作了序："王定国访余于彭城。一日，棹小舟，与颜长道携盼、英、卿三子游泗水，北上圣女山，南下百步洪，吹笛饮酒，乘月而归。余时以事不得往，夜着羽衣，伫立于黄楼上，相视而笑，以为李太白死，世间无此乐三百余年矣。定国既去逾月，复与参寥师放舟洪下，追怀曩游，已为陈迹，喟然而叹。故作二诗，一以遗参寥，一以寄定国，且示颜长道、舒尧文邀同赋云。"下面是赠参寥的那首：

百步洪二首（其一）

长洪斗落生跳波，轻舟南下如投梭。

水师绝叫凫雁起，乱石一线争磋磨。

有如兔走鹰隼落，骏马下注千丈坡。

断弦离柱箭脱手，飞电过隙珠翻荷。

四山眩转风掠耳，但见流沫生千涡。

崄中得乐虽一快，何异水伯夸秋河。

我生乘化日夜逝，坐觉一念逾新罗。

纷纷争夺醉梦里，岂信荆棘埋铜驼。

觉来俯仰失千劫，回视此水殊委蛇。

君看岸边苍石上，古来篙眼如蜂窠。

但应此心无所住，造物虽驶如吾何！

回船上马各归去，多言诮诮师所呵。

　　这首诗上半首是写船行百步洪中的惊险，下半首见景抒情纵谈人生的感悟和哲理。首四句着力描写百步洪的一个显著特点——惊险，那里水流非常湍急，周围乱石峭立，船在其中极其惊险，一不小心就有翻船之险。所以苏轼以切身感受一口气用了八个比喻来烘托其惊险。在用"轻舟南下如投梭"这个比喻后，接下来又连续使用了七个比喻，把长洪斗落、奔流直下的声势、速度不断地以新的面目呈现，令人如临其境，深觉危险，仿佛自己也置身在那汹涌的急涛中，有一种冒险的感觉。苏轼大胆地一连用八个生动贴切的比喻来衬托百步洪的险峻，这样的艺术手法，在陈骙《文则》一书中被称为博喻。而实际上博喻是散文中修辞的概念，诗是非常忌讳用"像""如"等字的，但是散文无须忌讳，所以苏轼在很大程度上革新了诗的写法，将散文笔法入诗，这样的诗作也是令人耳目一新且刮目相看的。由此足见苏轼的文学造诣极高，他能够恣意自如地信手拈来所有文体中的特点，并将其运用于自己的诗作中。

　　诗中写到，水被乱石所阻激，陡起又猛落，长长的浪涛倏地向低处倾泻而下，急湍跳荡，一下子浪花四溅，乘着的船快得如梭子一般顺水而下，连熟悉此地的船工们也惊得叫了起来，这惊叫声惊动了岸边来觅食的野鸭子，小船穿梭在窄如一条线的航道里，好似随时随地要和岸边的乱石摩擦到一样，发出啪啪的撞击声响。船在浪潮的推动下，快得好似野兔受惊逃窜，好似鹰隼一下子从天而降，又如骏马疾速地奔驰而下，更好比琴弦一下子崩断飞离了琴柱子，也犹如羽箭脱弦而出，更如一道电光从缝隙中一闪而过，如荷叶上跳跃的迅速下坠的水珠。四面的山峰似乎在旋转，令人头晕目眩，耳边有急风掠过，只见洪涛涌起堆堆白色泡沫，生出千百个飞速旋转的漩涡。在这奇险当中，苏轼也感受到了冒险的乐趣，但也不曾料到秋水涨起来，居然有如此凶猛的威力。"崄中得乐虽一快，何异水伯夸秋河"这两句总结了描述百步洪的前半段，转到谈论苏轼自己所见所感的后半段，是承上启下之句。

苏轼在此诗中善用比喻，却没有令人觉得烦琐。用比喻渲染，有声有势，令人入境。所以陈衍在《宋诗精华录》中评价此诗可以和韩愈的散文《送石处士序》相媲美。但是一比较，苏轼的诗明显在运用艺术技巧上更为娴熟自如。

下半首一开始便直言表达了：人生在世，生命无常，随时光而流逝，好比这东逝水一般，在不分昼夜地流逝着。但人的思维意念是可以不为时空所限制而能够自我控制的，在瞬息之间可以越过万里之外的新罗。"一念逾新罗"是化用佛家语。苏轼一念之间便从百步洪转换到了天地和生命，从而感叹生命无常，不用如此争名夺利，应该要置身事外，与天地同心。

世事沧桑，变幻无常，谁能相信洛阳宫门前的那个铜驼竟会被埋没在荒草荆棘里面呢？如果能够及时觉悟，在人的俯仰之间，就已经越过很多劫波，失去很多时间了。"劫"是梵文佛家语"劫波"的简称。

再回首看着滔滔流水，依然如故，就如百步洪一般，依然盘旋安卧在那里。岸边留下很多遗迹，就如岩石上被这古往今来的船篙撑出的洞眼，但是那些经过的人早已不复存在。然而只要心不为外物所拘束和牵绊，那么无论天地如何变幻，都会很淡然，很旷达。"住"，即住着，"僵化"的意思，也是佛家语。苏轼根据自身的阅历和经历谈了对生命、对意念、对世事的看法，里面杂糅了他对佛家、道家思想的理解。

诗的结尾尽显苏轼的幽默，抒发了自己的所见后，苏轼就结束了自己的谈论，告诉大家都应该登船上岸骑马回去，再在这里多说话，回去要被参寥师父呵斥了，这足以显示苏轼的豪迈风格。

《唐宋诗举要》卷三中姚鼐称赞说："此诗之妙，诗人无及之者也，惟有《庄子》耳。"诗的后半段充满禅意，也和苏轼研究佛家思想有关，此诗是送给诗僧参寥的，他应用所学佛学知识，从眼前景悟出人生哲理，如庄子之思想极有超脱之玄妙，体现了苏轼旷达的品性、追求自由的风格。此诗具有极高超的艺术性，行文百转千回却行云流水，描写百步洪的壮景时，善用比喻，一"步"三折，谈论哲理收放自如。

（六）

《惠崇春江晚景二首》是宋神宗元丰八年（1085）时，苏轼在汴京（今河南开封）写的题画诗。题画诗非常难写，既要让人身临其画，又要身觉画外，在画前知其表意，又能体悟画后深意。诗题中的惠崇是建阳（今属福建）人，宋初著名的诗僧，同时也是个画僧，尤其"工画鹅、雁、鹭鸶"——这是《图绘宝鉴》对惠崇的评价。苏轼诗题中提到的惠崇所画的《春江晚景》已经失传，只留下了苏轼写的两首题画诗，诗的题目亦作《惠崇春江晓景二首》《书衮仪所藏惠崇画二首》，以下是第一首，主要描绘的是一幅鸭戏春水图。虽然画失传，但是苏轼这首诗中"春江水暖鸭先知"一句至今脍炙人口。

惠崇春江晚景二首（其一）

竹外桃花三两枝，春江水暖鸭先知。

蒌蒿满地芦芽短，正是河豚欲上时。

诗的前两句，先写画面上呈现的江边有一片竹林，竹林外又俏皮地绽放着几枝粉红的桃花，这一红一绿的竹子与桃花直接点出画面就是在春天。接着写鸭子在水中嬉戏。春天到了，江水开始渐渐变暖，苏轼由客观加入主观，觉得在水中常游玩常嬉戏的鸭子游得如此欢快，一定是它们最早感知到了江水的回暖。

后两句，诗笔转折变化，描写惠崇画中的江边遍地长着鲜嫩的淡黄色的蒌蒿和刚抽条的芦笋，从蒌蒿的嫩芽是春天的时令蔬菜，而芦笋是配河豚的极佳佐料，就自然而然想到这个季节可是鲜美的河豚上市的时候。题画诗如果仅仅限于复述画中的内容，那么这首诗是没有生命力的，所以苏轼这首诗很注重意象，竹、桃花、江水、鸭、蒌蒿、芦芽等景物是实写，但是水是否"暖"、鸭是否能够"先知"是画不出来的，那是虚写。诗从实入虚，从观赏此幅画中的情景联想到画外，说河豚"欲上"，那观赏的趣味就扩大了。其实一幅画的画外之意是由诗人的灵性发掘的。苏轼无论从色彩、动静还是虚实，借助视觉、触觉、味觉把一幅春景图写活了，写生动了。"春江水暖鸭先知"也成了脍炙人口的熟语。确实，苏轼在九百多年前就把非虚构艺术运用自如了。这首诗所再现的自然美、所创造的意蕴美更加体现了苏轼写诗的功力和此诗的魅力。

（七）

苏轼在宋神宗元丰七年（1084），从黄州团练副使改任为汝州（今属河南）团练副使，赴汝州时途中经过九江，顺游庐山，写下《题西林壁》，此诗约作于当年的五月。有短序云："余游庐山，南北得十五六，奇胜殆不可胜纪，而懒不作诗，独择其尤佳者作二首。"当时苏轼游庐山所作的诗有《初入庐山五言绝句》（三首）、《瀑布亭》、《庐山二胜》（两首）、《赠总长老》等七首。《题西林壁》中的西林就是西林寺，在今江西省九江市庐山七岭之西，亦名乾明寺。当年苏轼就在寺壁上题了这首诗。《题西林壁》这首诗，虽然是一首山水诗，但是其蕴含的生活哲理非常深远，给世人无限启迪，同时也讽喻某种社会现象，正是"不识庐山真面目，只缘身在此山中"。

题西林壁

横看成岭侧成峰，远近高低各不同。
不识庐山真面目，只缘身在此山中。

前两句写的是苏轼游览庐山所见，身处那重峦叠嶂的群山中，无论是从远处、近处还是高处、低处观赏风景，都可以获得不同的观感。但是总结而言，一是横看成岭，二是侧看成峰。

后两句就是谈游览庐山后的体会和感悟，无论从哪一角度来欣赏，都是山的局部或者某一侧面，其实主要是自身仅仅在山中转来转去，而没有跳出山来全面看这座山，故而不能从全局上去看透且识透"庐山真面目"。苏轼就眼前所见，心中悟得一个道理：当局者迷，旁观者清。这是千年来世人非常折服的一个道理，也体现了苏轼作为宋人以理入诗的艺术特点。虽然后人有一定的争议，但是不得不说苏轼这首诗将景和理结合，通过写景来说理，通过想象来品味，极有理趣，还富有一定的禅味。

在整首诗中，苏轼通过观赏庐山向人们阐述了一个浅显而又平凡的道理，就是我们真正要观察一个事物，就得学会观察其整体和部分，宏观和微观，通过分析和综合才能识得其真面目。这首山水诗使庐山从具象到抽象，苏轼终悟得其蕴含的哲理，尤其是"不识庐山真面目，只缘身在此山中"这两句千年来广为传诵和习悟，足以证明这首诗恒久远的生命力。

（八）

《荔支叹》这首七言古诗，是苏轼在宋哲宗绍圣二年（1095）写就的。当时苏轼被贬谪到岭南的惠州。苏轼第一次尝到惠州的特产水果荔枝和龙眼时，大为赞叹，其美味令人馋涎欲滴。在品尝美味水果的同时，他不禁联想到在汉唐时，荔枝和龙眼是作为贡品进贡朝廷的，当时本来甜美的水果反而成了百姓的灾难，深入揭示了皇家的奢侈之风，及官吏为了取宠而进贡的丑陋行径。同时苏轼对宋代的进茶、进花也进行了深刻的讽刺。苏轼结合朝政身世，写了很多首关于荔枝的诗，以借写荔枝抒发自己的感慨。如《食荔支》中的"日啖荔支三百颗，不辞长作岭南人"也成了千古名句。而《荔支叹》这首古风，有新乐府之风，借写荔枝延伸，酣畅淋漓地纵横古今，表现了苏轼无论自己境遇如何，但是心中的拳拳爱国之心不变。

荔支叹

十里一置飞尘灰，五里一堠兵火催。

颠坑仆谷相枕藉，知是荔支龙眼来。

飞车跨山鹘横海，风枝露叶如新采。

宫中美人一破颜，惊尘溅血流千载。

永元荔支来交州，天宝岁贡取之涪。

至今欲食林甫肉，无人举觞酹伯游。

我愿天公怜赤子，莫生尤物为疮痏。

雨顺风调百谷登，民不饥寒为上瑞。

君不见武夷溪边粟粒芽，前丁后蔡相笼加。

争新买宠各出意，今年斗品充官茶。

吾君所乏岂此物？致养口体何陋耶！

洛阳相君忠孝家，可怜亦进姚黄花！

荔支，即荔枝。这首诗的前四句是描述汉朝时进贡荔枝的情景。朝廷为了要吃到南方的新鲜荔枝，不惜五里路、十里路设一个驿站，马匹扬起灰尘，心急火燎地运送荔枝。就像让士兵传递紧急军事情报一样快马疾驰，绝尘而走，因为奔跑太快又没有得到适时的休息，有倒在山沟里的，有跌入土坑里的，死伤很多，尸体非常散乱地叠在一起，没有人去关心这些悲惨的人和马。

"飞车跨山鹘横海"等四句，描写的是唐代传送进贡的荔枝的情景。唐明皇为了拥有最新鲜的南方荔枝，知道只能用速度来保证其新鲜程度，于是令人快马加鞭送来，等到送到朝廷时，荔枝还如新采摘的一样，枝叶鲜嫩，露珠流淌。后两句控诉唐明皇为了博美人杨贵妃吃到新鲜荔枝时的一笑，不知道残害了多少进贡途中的士兵，这么多鲜活生命所溅射的血，似乎经过千年还没有风干。"宫中美人一破颜，惊尘溅血流千载"这两句感慨颇深，含义多重，气象雄浑，其批判的锋芒直指最高统治者，成了整首诗的警句。

"永元荔支来交州"等八句，精简地总结了汉唐进贡荔枝的弊政，并抒发了诗人内心真挚的愿望和深深的感慨。汉和帝刘肇永元年间进贡的荔枝来自交州，唐明皇李隆基天宝年间进贡的荔枝来自涪州。直到如今，百姓和士兵都痛恨唐明皇时期的宰相李林甫，都恨不得吃他的肉来解恨。因为就是他讨好皇帝，对进贡荔枝之事不加谏阻，而是阿谀奉承处处谄媚，人们对他这样恨之入骨是可以理解的。"至今欲食林甫肉"这一句就唐事发议论。"无人举觞酹伯游"这句就汉事发议论，汉和帝时期的一位忠臣，即临武县令唐伯游，了解到传送荔枝时为保证其新鲜度而死亡惨重，就上书直言力劝皇帝不要再进献。汉和帝还真的体恤百姓和士兵，下令不用再进献。这位忠臣做了这样一件大好事却没有得到应有的尊重和纪念。现在像唐伯游这样敢于直谏的忠臣还是鲜少的。汉事和唐事的议论互为交叉，强烈对比，真堪比神来之笔！"我愿"等四句承前启后，苏轼表达了自己真挚的愿望，希望上苍能够体悯黎民，不要再有像荔枝那样美味可口的珍品了，这会给百姓带来灾祸，会让百姓不堪负担。只要风调雨顺，百谷丰收，人民无饥寒冻馁之忧，这便是国家上等的祥瑞。苏轼在自己境遇不佳的情况下，还心系百姓，真是豁达大度，令人敬佩。

最后八句由感慨汉唐进贡荔枝的弊政，联想到当今宋朝又有如进贡荔枝的贡茶、贡花之类的现象了。汉唐时期由于进贡荔枝让百姓遭惨；而当今流行贡茶又贡花，也是献媚皇家朝廷的行为，同样会为百姓带来困苦，应该予以罢停。苏轼谈到福建贡茶始于宋真宗时期的奸相丁谓，宋仁宗时期的学士蔡襄也进贡过名茶，为了讨好朝廷，他们想尽办法，贡上粟粒芽等名茶，更可恶的是，今年还借斗茶为名，将所得名品变成了朝廷的贡茶。这种饱养皇帝口欲的东西，对治理国家又有什么好处？君王难道缺少这些物品？这样的做法令人觉得粗鄙恶劣不已。

结尾"洛阳相君忠孝家，可怜亦进姚黄花"进一步揭露贡花之事就开始于吴越王钱俶的儿子钱惟演，他曾将名贵的姚黄牡丹进贡给宋仁宗。从此之后，洛阳就年年贡花。苏轼由衷感叹，连吴越王这样的忠孝之家也会向朝廷贡花以邀宠。这样的做法无形中就已经伤害了百姓。苏轼都为之深叹一口气，不胜惋惜。

这首诗历来被誉为"史诗"。整首诗夹叙夹议，将对历史的严厉批判和对现实的深刻揭露两相结合，表明苏轼虽然自己政治上饱受打击，但是忠于国家、爱护百姓的初心未改，即使被贬谪，也会在诗中毫不保留地提出自己真实的政见，毫不遮掩一颗爱民之心，对于民生疾苦一直抱有同情。整首诗沉郁顿挫，博大雄深，非常像杜甫之诗风。清代方东树在《昭昧詹言》中评说此首诗："章法变化，笔势腾掷，波澜壮阔，真太史公之文。"

（九）

苏轼在宋哲宗绍圣元年（1094）时被再次贬谪出京，依次在惠州（今属广东）和儋州（今属海南）度过了相当漫长的艰困岁月，心中一直盼望着北归回到中原，但是北归遥遥无期，苏轼当时已经打算在海南了却余生了。到了宋哲宗元符三年（1100），宋哲宗驾崩，宋徽宗即位，元祐党人得到平反，意料之外地忽然奉诏获赦内迁，苏轼于当年五月内迁廉州（治今广西合浦）。苏轼离开儋州赴廉州时路过澄迈，登通潮阁时心中不禁悲欣交集，写下了《澄迈驿通潮阁二首》，下面是第二首。在第一首中，苏轼主要写的是登阁所见，他为眼前的景色所陶醉，心潮一阵起伏，笔触中隐然透出寂寞愁绪。而第二首主要倾向抒情。

澄迈驿通潮阁二首（其二）

余生欲老海南村，帝遣巫阳招我魂。

杳杳天低鹘没处，青山一发是中原。

一晃眼，苏轼被贬谪到南方都已有六七年了，先是被贬谪到惠州，又被贬到天涯海角的儋州，苏轼都已经双鬓斑白了，人生能有几个七年。他觉得自己剩下的时间不多了，可能此生没有机会回到京城，更别说再见到弟弟苏辙了，原本非常悲观又惆然地就想在海南度过余生，但是内心深处北还的期望依旧不变。"欲老"二字无望悲伤中还有着些许不甘，苏轼一直望着北方，想念自己的故乡和亲人。

第二句是写，没想到徽宗皇帝下诏命令可以内迁，于是喜出望外地踏上去廉州的路，完全是意料之外的喜悦，但是喜悦中透露出非常无奈的凄凉，有种被朝廷抛弃的悲凉，所以用巫阳招魂的方式把自己这几年遭受的冷落和困苦如孤魂飘荡的境遇都倾泻而出了，不禁悲从中来，这次特赦内迁等于把他飘荡在海南的魂给招了回来，令人潸然泪下，唏嘘不已。诗中体现了一种悲喜交加，被长期贬谪那种失望，盼望，再失望，再盼望，再到无望，却又突然升起了希望的煎熬的复杂心情。

第三、四句是苏轼通过写景表达的浓郁思乡之情。赴廉州的途中经过澄迈，眼前拔地而起的通潮阁看起来非常宏伟，吸引了苏轼的注意力，登上通潮阁后，此时的苏轼心情还是复杂万分，极目远眺，恰巧看到无际的天边有一只鹘向北飞翔。苏轼不由自主地凝然不动，眼睛连同一颗归北的心，随着这只鹘飞翔，一直到看不见这只飞鹘为止。这描述的是实景，可见当时苏轼归家的迫切，也深深体会到了苏轼被贬谪的落寞和人在海南的寂寞，以及常怀心间的丝丝惆怅，还表露了苏轼一颗向往自由的心。而远处隐隐约约出现的青山，如女子的青丝，那里应该就是"我"日思夜想的中原，这次虽然受皇帝特赦能够内迁，但还是在南方，离故乡中原还有上万里，这"青山一发"便成了苏轼想象中的中原的山。以实化虚，远处青山如发是实景，以如发的青山代表中原是虚，却令苏轼拨动了思乡的那根弦。这首诗的三、四句虚实结合，以小见大，寄托自己浓浓的思乡之情。苏轼的情绪也由悲欣交集到逐渐豁朗，足见他乐观的人生态度。令人感慨的是，在苏轼写下这首诗的第二年，虽然他实现了回到中原的强烈愿望，但行至常州就与世长辞了。

诗中的"青山一发是中原"比喻奇妙，如神来之笔，一直为世人所赞叹。整首诗以景寄情，景色雄浑俊逸，情感真切动人，体现了苏轼的旷达乐观，虽有悲苦但不因之颓丧，表达伤怀中见洒脱。

◎ 诗人小传

苏轼（1037—1101），字子瞻，号东坡居士，别称坡公、坡仙等，也称大苏，老苏是其父苏洵，小苏是弟弟苏辙，眉州眉山（今属四川）人。在宋嘉祐二年（1057）以欧阳修为主考官、梅尧臣为考官之一的考试中，与苏辙一起进士及第。一开始在凤翔任通判。后来在京城任职时和王安石的政见相左，相继在杭州、密州、徐州、湖州等地出任地方官，勤政爱民，有很多政绩，比如疏浚西湖，留下了著名的苏堤等。元丰二年（1079）因反对新政，得罪权贵和朝廷，就以诗文中有讥讽朝政的内容为名，被诬陷下狱（即"乌台诗案"），获释后被贬谪黄州。一直到宋哲宗元祐元年（1086）全面废止新法，奉诏回京，官至起居舍人、中书舍人、翰林学士。又因党争，先后在杭州、颍州、扬州、定州出任知州。哲宗皇帝执政，驱逐旧党，苏轼又贬惠州，最后再贬儋州。遇赦北还，在北还途中因病在常州去世，南宋时追谥"文忠"。苏轼在文、诗、词、书、画方面皆擅长，堪称宋朝一代文宗。与他的父亲苏洵、弟弟苏辙合称"三苏"，占了"唐宋八大家"中的三家。苏轼所有的文体中，诗更见长，诗风豪迈雄奇，题材广泛，善于想象，尤其善于运用比喻。文坛上，苏轼和黄庭坚并称"苏黄"。有《东坡全集》《东坡乐府》等。

三、黄庭坚——生新瘦硬追诗美

苏轼是一个心胸非常旷达的人，极富有包容力，悉心栽培当时的青年诗人。黄庭坚、张耒、晁补之和秦观四人都是苏轼的得意门生，并

黄庭坚像

称"苏门四学士"。元丰元年（1078），黄庭坚将所写的两首古风《古诗二首上苏子瞻》作为礼物投寄给苏轼，那时苏轼四十三岁，他三十四岁。诗名颇盛的苏轼居然称赞比自己小九岁的黄庭坚写诗比自己写得出色。苏轼这样虚怀若谷、不吝提携，有点像欧阳修和梅尧臣当年的关系。黄庭坚成为苏轼门下八年之后，经苏轼引荐，被召任《神宗实录》检讨官。黄庭坚在诗学上没有辜负苏轼的赏识，他的诗风不似苏轼的豪迈开放，他所表达的是静寂安宁的内心，他喜欢表达真实的人性。因为性格内向，黄庭坚在写诗时反复推敲，有时会显得略微生涩，但与苏轼随性活泼的诗风相比较，他更精工更静心。

黄庭坚追求整首诗的构思布局和措辞，总希望能够不同于其他诗人，而从自己感知的日常生活里发掘出新意的诗来。宋哲宗元祐三年（1088），黄庭坚在四十四岁时，为苏轼以竹石为主题，李公麟又添画牧童的一幅画题了五言古诗《题竹石牧牛（并引）》，此诗把生活中的竹、石、牧童写得别开生面，新奇雅致。当时黄庭坚在京任史官，正是苏轼所引荐的。

黄庭坚内心最佩服的诗人是杜甫，且比王安石和苏轼更为推崇杜甫。黄庭坚同时是一位闻名的书法家，在晚年随着苏轼失势被流放到黔州（治今重庆彭水）和戎州（治今四川宜宾）时，把杜甫在蜀川之地写下的三百余首诗作亲自书写下来，后在南宋史学家李焘的岳祖父杨素的赞助下，全部篆刻在石头上做成诗碑，最后陈列在杨素出资建造的馆里。1100年，馆竣工时，黄庭坚欣然为之题名"大雅堂"，还作了《刻杜子美巴蜀诗序》和《大雅堂记》来记述这件事，在推崇杜甫这事上可谓不遗余力。他欣赏杜甫，主要是因为杜甫也很内敛，喜欢对诗句反复锤炼，对事物的变化加以观察，并且积极关注社会时政，敢于揭露社会现实。

黄庭坚应该说是宋代追随杜甫最忠实的粉丝，但他又有别于杜甫。杜甫是直接表达自己的情感。黄庭坚不是把自己的感情一下子喷薄出来，而是通过事物的微变化让人来体察，如果要从他诸多诗作中找出感情直露的诗，那就是晚年流放在广西宜州所作的《书磨崖碑后》了。

梅尧臣喜欢从日常生活中、从日常事物的微小变化中发掘人生的意义。而黄庭坚比梅尧臣更谙此道，把日常生活现象进行艺术造型后通过诗文输出。所以黄庭坚在同时代的诗人中，是艺术家、书法家兼而任之。当时欧阳修评价梅尧臣的诗是如咀嚼橄榄，初是生涩，后是甘甜，而黄庭坚的诗比梅尧臣更甚，需要好好咀嚼，好好体味，才发觉其意蕴丰厚。也因此，陈师道在《后山诗话》中评价："王介甫以工，苏子瞻以新，黄鲁直以奇。"这是很恰如其分的。

（一）

《登快阁》这首诗是黄庭坚在宋神宗元丰五年（1082）所作，那年他三十八岁，任江西泰和知县。快阁在当时的泰和县（今属江西）东澄江（今赣江）之上，《清一统志》记载快阁是"以江山广远、景物清华，故名"。斗转星移，今天的快阁在泰和县泰和中学校园东南的角落，这座阁楼始建于唐乾符元年（874），初名"慈氏阁"。出任泰和县令之一的宋初太常博士沈遵更名"快阁"。至元丰年间，黄庭坚出任泰和县令时作了一首《登快阁》后，快阁就名扬天下。正如苏轼写了《饮湖上初晴后雨二首》，随即西湖也闻名天下。快阁也是屡建屡毁，快阁石匾上现存的"快阁"两字是沈遵的手迹，黄庭坚的石刻画像嵌在厅墙正面，像下有他的自题诗："似僧有发，似俗无尘。作梦中梦，见身外身。"厅墙两侧有黄庭坚手书"御制戒石铭"碑和陆游手书"诗镜"碑。

《登快阁》是黄庭坚众多诗中的名作，更是黄庭坚中年时期的代表作。在这首诗中，字句锤炼上自然不峭歧，还没有黄庭坚晚年时期作的诗那种硬瘦奇峭。所以后人虽然很反对江西诗派追求奇新硬瘦的诗风，但是对黄庭坚很多诗作都很欣赏。金元好问在《论诗三十首》（其二十八）中曾评价黄庭坚的诗"论诗宁下涪翁拜，未作江西社里人"。方东树《续昭昧詹言》卷七中姚鼐评价这首诗"能移太白歌行于律诗"，点出此诗的艺术特点。

登快阁

痴儿了却公家事，快阁东西倚晚晴。

落木千山天远大，澄江一道月分明。

朱弦已为佳人绝，青眼聊因美酒横。

万里归船弄长笛，此心吾与白鸥盟。

第一、二句叙述黄庭坚利用工作之余来到快阁休闲赏景。登上后，他闲适地靠在快阁的栏杆旁，看着渐落的夕阳。"痴儿"隐含了黄庭坚清高的神情，笔力也直接健朗。"倚"字表现了他当时的肢体动作，我们能够想象黄庭坚斜着身子靠在栏杆上的闲淡样子。"倚"的位置从东到西，想必黄庭坚是倚遍了快阁的东南西北。这也是江西诗派鼻祖的独特本领。第二句意境阔远，令人心胸开朗。

第三、四两句写景，雨过天晴，落叶纷纷，几乎落尽，只剩下枝丫，天地更为辽阔，远远近近的高山若隐若现。天色清朗，天空也显得非

黄庭坚《登快阁》诗意图

常阔远，清澈的赣江上一会儿就升起一轮明月。"落木"才能看见远处的"千山"，"落木"才显出"天远大"，"澄江"因为清澈也"月明"，给人视野开阔、心胸也跟着开阔了的感觉，给人以思想启迪。

　　第五、六两句抒发内心感慨。前一句用伯牙、钟子期的典故来说明朋友知己不在身旁，所以也就没必要抚琴了。诗人感慨自己在外孤寂，只有用酒来自娱自乐了。"青眼"也用了典故，指有好感。《晋书·阮籍传》描述诗人阮籍能够用青白眼来表达自己的好恶，对所悦之人用青眼，对"礼俗之士"用白眼。用在此句是黄庭坚自嘲式的称呼。"聊因美酒横"中的"横"很平常，但是被黄庭坚一用，一下再现了立体的场景，有种点铁成金的炼字之绝妙。

第七、八句是写黄庭坚因为登临快阁而产生孤独和思归之情，进而感叹大好河山之美，感叹自己在外飘零，知音朋友都不在，希望归隐。什么时候"我"能乘上船，站在船头吹着笛子，返回故乡？自此之后，可以隐居在山水之间，只有单纯的白鸥成为"我"的朋友，常伴随"我"身旁。"归船""长笛""白鸥"等增加了诗的场景之美，令人仿若身临其境。黄庭坚所讲的归隐也是文人的老生常谈，努力出仕，出仕碰壁了就又想归隐，但也只是想想和说说而已，不像真正有才但归隐的隐士，蕴含了黄庭坚的孤傲之心。

整首诗妙在用典，妙在写作技巧上。前半首写景，"落木千山天远大，澄江一道月分明"两句容易让人联想到杜甫的名句"无边落木萧萧下"和谢朓的名句"澄江静如练"，但妙就妙在黄庭坚用其词而不用其意，这就是江西诗派的特点——"夺胎换骨""点铁成金"。后半首抒情，和其他登临诗差别就在于不但用好了典故"青眼"、动词"横"，而且还用好了虚词，"已为""聊因"使得诗歌婉转如水，没有生硬之感，增添了感染力。整首诗一气呵成，并以歌行体来创写律诗，这是黄庭坚独创的诗风。

元代韦居安在《梅磵诗话》中记载，"快阁"因黄庭坚的这首诗而"名重天下"。而且后人和诗或者写快阁主题的诗作有无数篇，但都未能赶上黄庭坚这首《登快阁》。

（二）

《寄黄几复》这首诗作于宋神宗元丰八年（1085），那时黄庭坚莫名其妙地从主政泰和县降到德州（今属山东）德平镇做镇监。题目中的黄几复，名介，是南昌（今属江西）人，和黄庭坚从年少开始就交往，当时知四会县（今属广东）。黄庭坚非常喜欢用典故，这首诗是黄庭坚妙用典故的代表作，做到了江西诗派主张的"无一字无来处"，但是整首诗不觉得生硬，有些典故经他的活用反而让诗更有内涵。

黄庭坚一直主张"宁律不谐而不使句弱"，但是他的不谐律还是有讲究的，方东树在《昭昧詹言》中就评价黄庭坚"于音节尤别创一种兀傲奇崛之响，其神气即随此以见"。《寄黄几复》中"持家但有四立壁，治病不蕲三折肱"两句表现明显，"持家"一句是两平五仄，"治病"一句顺中带拗，那种"兀傲奇崛"的音律将黄几复廉洁刚正的性格恰到好处地表现了出来。此诗又具有宋诗的特点之一——以散文入诗，取了《左传》《史记》中的词汇入诗，从而给这首七律带来了古朴的韵味。

寄黄几复

我居北海君南海，寄雁传书谢不能。
桃李春风一杯酒，江湖夜雨十年灯。
持家但有四立壁，治病不蕲三折肱。
想见读书头已白，隔溪猿哭瘴溪藤。

首联讲到两位好友那时身居何处，黄庭坚在北海而黄几复却在遥远的南海，想要让鸿雁传书，可是鸿雁谢绝了，因为太远，鸿雁只能飞到湖南衡阳，再远就送不到了。两人之间相隔的距离实在远到连音信都难以通达，只能两两遥望，这蕴含了诗人对好友浓厚的思念之情。用字看似很平常，但"我居北海君南海"是化用《左传·僖公四年》中"君处北海，寡人处南海"的表达，"寄雁传书""谢不能"都出自《汉书》，把这两个短语组合在一起，就令人眼前一亮，朴素和朴素产生了神奇的功能。以散文入诗，使得诗带上了几份苍劲，这是黄庭坚一直追求的避熟就生的诗风，且达到了用典无痕的状态。

颔联成为整首诗的经典之句。《王直方诗话》中记录张耒赞其为"奇语"。是说想当年，我们在京城，是在桃李盛开的春风吹拂中同学相聚，在欢畅中喝了一杯又一杯酒；到如今，两人都在外，一晃已经分别十年了，相隔又遥远，只能在夜里的雨声中，在孤灯前想念你。用了一连串的名词告诉大家时间、地点、景物、事情，十年前的春天相聚，良辰美景，心情舒畅，十年间是寂寞的深夜里，雨声阵阵，孤灯一盏相伴。黄庭坚巧妙地用了对比式：景致上的对比，"桃李春风"与"江湖夜雨"；事物上的对比，"一杯酒"与"十年灯"；情绪上的对比，上一句是相聚之喜悦，下一句是分离之悲伤。他将京城欢聚的乐趣，强烈地对照了十年听雨、孤灯思念的凄然。

颈联是说，黄庭坚知道，黄几复家里非常贫困，用家徒四壁来形容也不为过，但是黄几复不会为了在官场有一席之地而变得圆滑会折腰。"四立壁"引用自《史记》，以司马相如的贫比喻黄几复的贫穷，"三折肱"引用自《左传》，以医道来衬托黄几复的刚正人格。"持家"对照"治病"是有因果关系的，因为不想折腰，所以导致家庭贫困。这样一对比就突出了黄几复的人品，也隐含了对朝廷的不满：这样爱国廉洁又有治国才干的人为何得不到朝廷的重用？

尾联是说，想来这时候，黄几复已经头发斑白了，但仍在苦读，伴随他的也只有那阵阵啼叫的在瘴溪边攀藤耍玩的猿猴了，这也蕴含了一种寄身于江湖之上太久的无比哀怨，和对京城的憧憬。"想见读书头已白"也有"来处"，引用自杜甫《不见》诗"匡山读书处，头白好归来"，杜甫《九日》诗中的"殊方日落玄猿哭"则被黄庭坚化成了"隔溪猿哭瘴溪藤"一句。

因此细究，整首诗"无一字无来处"，将用典用到了无痕的境界，但是引用自然流畅，不觉生硬和剽窃。整首诗从立意到布局，从遣词到造句，都力求平常字中点铁成金，力求在拗和拙上下功夫，蕴意丰富，真情自然流露，读罢凄怆感人。此诗是江西诗派当之无愧的代表作，也成了江西诗派学习的模板。

北宋统一后，在一长段时期内保持着社会安定，社会经济出现空前的繁荣，因此城市文化生活空前活跃，绘画艺术特别繁荣，宋代绘画的代表人物有李公麟、苏轼、文同、米芾等人。他们艺术上力求平淡素雅，崇尚本真清新。下面这首诗引言中提到的伯时就是李公麟的字。他是舒城（今属安徽）人，善于白描，擅长画人物、牛、马，以画马著名。苏轼擅长画枯木、竹子、石头，简洁明了，颇有气势。因为绘画艺术的繁荣，当时的题画诗也很兴盛，苏轼、黄庭坚都是作题画诗的高手。宋哲宗元祐三年（1088），黄庭坚在京师任著作佐郎，苏轼、李公麟都在京师。这年春天，苏轼担任主试者，也就是知贡举，黄庭坚和李公麟同为下属官吏，接触机会较多。苏轼擅长画竹子、石头，黄庭坚多次为苏轼与李公麟的画作题诗，而这首《题竹石牧牛（并引）》为苏轼、李公麟合作的竹石牧牛图题咏，是最为出名的一首，这首诗不限于画面的内容，而是借题发挥，从画悟得一些感想和对时政进行议论，在题画诗中显得格外清新有致、别开生面。

题竹石牧牛（并引）

子瞻画丛竹怪石，伯时增前坡牧儿骑牛，甚有意态。戏咏。

野次小峥嵘，幽篁相倚绿。

阿童三尺棰，御此老觳觫。

石吾甚爱之，勿遣牛砺角！

牛砺角犹可，牛斗残我竹。

诗分前后两个层次。前面四句是对画内容的描绘：郊外的田野里有一块小小的奇形怪状的石头，石头边长着一丛挺拔且碧绿的竹子；有一个牧童手拿三尺长的鞭子，骑在一头老牛背上，一副怡然自得的样子。一幅画作上的画面跃然纸上了，有石、有竹、有牧童和牛，我们知道黄庭坚的诗喜欢活用典故，喜欢拗折。诗中简要地刻画了画中物的形象，石头用"峥嵘"指代，"峥嵘"原指山的高大险峻，用在这里指石头，在前面加个"小"字，那怪石嶙峋就凸显了；"篁"指的是丛生的竹子，加个"幽"字，后面一个"绿"字，那种娴静鲜明的色彩和气韵就显露了；牧童以"阿童"称之，稚气可掬，显得更为亲切；牛用"觳觫"指代，《孟子·梁惠王》中表述的"觳觫"是形容牛因恐惧而颤抖的样子，而画中的老牛虽不会因为恐惧而颤抖，但是前面一个"老"字就刻画出了牛因年老而蹒跚的形象，也给人以"觳觫"的印象了。这些是黄庭坚妙用典故的神来之笔。竹子和石头之间巧用了一个"倚"字，将意态横生、亲密无间的趣味都呈现了；牧童与老牛之间妙用一个"御"字，将牧童逍遥无忧的样子尽现在画面上。四句诗将画面全概括了，又好似都含而不露，神态却皆现，一股宁静和谐的田园生活气息扑面而来。

后四句是写意，诗人借怪石发挥，表达自己很喜欢这块怪石，小牧童你别让牛在上面磨角，这还能忍受，但是让牛争斗起来是"我"万万不能忍受的，因为要弄坏怪石旁的那丛修长碧绿的竹子。好似主要对牛提出要求，但是行文却落在牛的个性上，好磨角，好争斗，这使得原本静止的画面变得活泼生动，同时表达了自己爱竹子爱石头的情感，也蕴含了黄庭坚正直且坚韧的情操。这四句连连出现三个"牛"字，也均活用典故，"牛砺角"出自韩愈《石鼓歌》"牧童敲火牛砺角"一句，"牛斗残我竹"出自李涉《山中》的"无奈牧童何，放牛吃我竹"，好似古代歌谣，语句质朴中带有跳跃，黄庭坚妙用并吸纳了前人的诗句，兼用散文句式，推陈出新，风趣诙谐。三个"牛"采用递进的陈述方式，体现黄庭坚反复叮咛牛不要在石头上磨角，更不能因争斗而残竹的情真意切。这里还更深层次地隐含了黄庭坚对因王安石变法引起的新旧党争问题的讽刺，从宋神宗时期开始到现在绍圣间，这种内部争斗，初期还有一定政治原则性，到了后来就是利益纷争和派系倾轧了，严重削弱了宋王朝的统治力量。这首诗突出了江西诗派"点铁成金""夺胎换骨"之道，是题画诗中别开生面的佳作。

（四）

黄庭坚七绝中的冠冕之作当属《雨中登岳阳楼望君山》这两首诗，其将黄庭坚那种傲然、坚韧之品格都毫无遗漏地表现出来，被广泛传诵。宋哲宗绍圣二年（1095），黄庭坚被贬谪为涪州（今重庆涪陵）别驾，黔州（今重庆彭水）安置。到了元符元年（1098），再度贬谪到戎州（今四川宜宾）。在被流放的六年中，黄庭坚处逆境而不颓丧，静然度过。宋哲宗元符三年（1100）时获赦而还。宋徽宗崇宁元年（1102），黄庭坚到家乡分宁（今江西修水）去，途经岳阳时，登上了享誉天下的岳阳楼，作了这两首诗。诗文表现的境界如此旷达清雄。第一首偏于动，第二首偏于静，文辞又清妙雄健，诗间表现出了黄庭坚的豁达胸襟，委实不易。

雨中登岳阳楼望君山二首

其一

投荒万死鬓毛斑，生出瞿塘滟滪关。

未到江南先一笑，岳阳楼上对君山。

其二

满川风雨独凭栏，绾结湘娥十二鬟。

可惜不当湖水面，银山堆里看青山。

在第一首中，第一、二句是说，被流放到荒芜的边疆，经历很多次的危险，没想到，诗人在两鬓斑白时，还能够活着出瞿塘峡，顺利行过这鬼门关滟滪堆。

第三、四句是说，伫立在岳阳楼上，极目眺望着君山，虽然还没能回到秀丽的江南，可是内心忍不住欣然一笑了，人往往如此，在经历困苦和逆境时，都能平静对待，但是一旦脱离困苦，并有了希望的曙光时，内心会忍不住兴奋。

黄庭坚在当时交通环境恶劣的四川足足吃了六年苦，一旦离开了四川，经过崎岖的蜀道，平安地渡过了三峡时，眼前水平如镜、碧波荡漾的洞庭湖令其百感交集，从"投荒"到经历"万死"，终于到了安全通达的地方。在强烈的对比之下，从内心深处油然而生的一笑，是笑过往的种种苦难，不知从何说起，只能通过眺望君山来释放内心悲欣交集的情绪，其意味深长。用历来标志幸福的江南来表达他内心的期盼、内心的欢腾，然后再化之一笑，不禁让人想象，到了江南，黄庭坚应该是开怀大笑了。第一首有行程之变，有心情之变，可在"变"中体悟黄庭坚的心情，感受其雄健旷达。

第二首写眺望洞庭湖和君山，写得非常出新出奇。新奇之一是诗人将君山众峰起伏之状比作湘水女神盘结而成的十二个发髻。新奇之二就是诗人写到在"满川风雨"间八百里的洞庭湖的水势很大，浪腾如云涌，在浪堆里就看不清君山的全景了。诗人把凭栏眺望时的凝思融入洞庭湖的奇景奇境，把洞庭湖写得朝气蓬勃，极为壮丽。

第二首诗前两句实景描绘，后两句虚写想象。虚实相间，借登高而望远，借望远而怀古，借怀古而凝思。整体两首诗融古通今，构思之新奇，笔力之雄健，尽显黄庭坚之功力。

（五）

《跋子瞻和陶诗》是黄庭坚作于宋徽宗崇宁元年（1102）八月的诗，上年的七月一代文豪苏轼已经病逝于常州。作为弟子兼好友的黄庭坚写下这首诗也是对老师兼好友的苏轼的一种深沉悼念。崇宁元年（1102）六月，黄庭坚出任太平州知州，仅仅做了九天就被朝廷罢免，本想到荆南去。可是当时的宰相赵挺之公报私仇，想置黄庭坚于死地，下一年也就是崇宁二年（1103）将黄庭坚贬谪到宜州（今属广西），崇宁四年（1105）黄庭坚就在贬所郁郁不得志地去世了。在唐宋时期，被贬到边远之地出任官职，当地交通不便，医疗等都极其落后，因而就等于被置之于死地。韩愈、李德裕、寇准这样的名臣也都曾为南迁而心生悲凉和无望，李德裕、寇准直接就死在了贬所。了解了黄庭坚当时的处境，我们就不难体会这首诗措辞的沉郁和深沉。诗题中的"跋"字原指一种文体，写在文章或书籍的后面，此诗题中表示对亦师亦友的苏轼的尊敬。

跋子瞻和陶诗

子瞻谪岭南，时宰欲杀之。

饱吃惠州饭，细和渊明诗。

彭泽千载人，东坡百世士。

出处虽不同，风味乃相似。

首二句表达非常直接，控诉的分量极重，但也切合事实。"时宰"指的是章惇，他也是公报私仇把苏轼贬谪到惠州，原以为苏轼在那里会因水土不服而必死无疑，结果料想不到的是，苏轼对于困境一直泰然处之，心胸宽广，还作诗《纵笔》，其中两句诗是："报道先生春睡美，道人轻打五更钟。"章惇见到此诗，就再度把苏轼贬到海南的儋耳，一定要置苏轼于死地而后快。

第三、四句急转直下，苏轼在"时宰欲杀之"的情况下不乞求、不低头，更不忧伤，而是"饱吃惠州饭，细和渊明诗"。苏轼的心态非常好，能吃好睡好，还认真地和陶渊明的诗，这就是对章惇这种小人的极大蔑视，也体现了苏轼不与小人一般见识的开朗豁达的心胸。和陶渊明《饮酒二十首》，已经是在苏轼晚年出任扬州知州时了，南迁之后，陶渊明的诗作几乎和完了。苏轼之所以如此喜爱陶渊明的诗，不仅是为了学习陶渊明的艺术风格，更是觉得和陶渊明在心灵高洁上、洒脱上、超然上都有惊人的契合。

第五、六句，诗句一转，大开大合，言辞非常郑重恳切，对苏轼和陶渊明都很尊重。称呼由字子瞻换成曾经为官的地方东坡，由名渊明换成任官职的地方彭泽。借陶渊明洒脱旷达的人品来烘托苏轼的人格："彭泽千载人，东坡百世士。"陶渊明出任彭泽县令只有一百多天，便因为"不为五斗米折腰"而弃官归隐。而苏轼自入仕后，极度为国为民负责，忠于国家忠于百姓，却一直在官场中浮浮沉沉。

第七、八句"出处虽不同，风味乃相似"分别用"虽"字转折，用"乃"字拍合。从表面看，好似经历完全不同，但是自品性而言，苏轼和陶渊明都是率性而为，胸怀坦荡，文学造诣及人品人格高度相似，因此足以证明两人"出处虽不同，风味乃相似"。这样的结尾妙意无限，含义无限，风味也无限。

黄庭坚在"时宰欲杀之"的情况下为《子瞻〈和陶诗〉》而作的跋，也表达了自己现在和亦师亦友的苏轼有相类似的遭遇。整首诗上下联系数百年，以繁化简，至少有四次转折，是精益求精之作。

◎ **诗人小传**

黄庭坚（1045—1105），字鲁直，号山谷道人，晚年号涪翁，谥号"文节"，洪州分宁（今江西修水）人。宋英宗治平四年（1067）中进士。在宋哲宗时期，以校书郎为掌修国史的检讨官，主要负责《神宗实录》修订，后来出任著作佐郎、起居舍人。但在修史期间多次遭受诬陷而被贬为涪州别驾。宋徽宗即位时，获赦领太平州事，但立即又以"幸灾谤国"为由被除名，贬谪至宜州（今广西宜山），第二年就在贬所去世。被宋高宗追赠为"龙图阁大学士"。黄庭坚是苏轼的门下，和张耒、晁补之、秦观并称"苏门四学士"。与苏轼齐名，世称"苏黄"。但是黄庭坚一直以师礼相待苏轼。诗以杜甫为宗，又兼有韩愈之风，有"夺胎换骨""点铁成金"之论，风格清奇瘦硬，奇特拗涩，开创了江西诗派，是其开山之祖。能词善书，尤其擅长行书、草书，是"宋四家"之一。有《山谷集》《山谷琴趣外篇》《豫章黄先生文集》《山谷老人刀笔》等。

四、陈师道——语拙味永求奇新

（一）

《妾薄命》是乐府古题之一，陈师道继承了《楚辞》等以"香草美人"来比喻君臣关系的传统，别出心裁用侍妾和夫主的关系来比喻他和曾巩的师生关系，对曾巩的去世表现得悲痛欲绝。共创作了两首，这里录其一。原诗题下有自注："为曾南丰作。"后人不了解其背景的话，会误认为是侍妾和主人的爱情悼歌。曾巩和陈与义的师生关系在《宋史·陈师道传》中有记载："年十六，早以文谒曾巩，一见奇之，许其以文著，时人未之知也。留受业。"宋神宗元丰年间，曾巩对陈师道有知遇之恩，曾经推荐过陈师道参与修史，平时也是尽力援引，终因其未曾登第而未被获准。陈师道内心非常感激曾巩。在宋神宗元丰六年（1083）时，听闻曾巩去世，陈师道立即以侍妾的口吻写下了两首情真意切的悼诗。下面是第一首。

妾薄命二首（其一）

主家十二楼，一身当三千。

古来妾薄命，事主不尽年。

起舞为主寿，相送南阳阡。

忍着主衣裳，为人作春妍？

有声当彻天，有泪当彻泉。

死者恐无知，妾身长自怜。

陈师道像

这一首以侍妾之口吻，表达了对老师去世的沉痛掉念。

第一、二句，写了主人的宠爱程度，夫主家富贵且奢华，贵楼高耸入云，夫主还非常看重侍妾，侍妾是集万千宠爱于一身。"十二楼"形容宫楼的奢华和高耸，妙用了鲍照《代陈思王京洛篇》中的"凤楼十二重，四户八绮窗"。"一身当三千"出自白居易《长恨歌》中的"后宫佳丽三千人，三千宠爱在一身"，被陈师道活用成五字后，更加精练，言简而意赅，这也体现了陈师道作诗工于锤炼、善于用典、活以用典、妙意用典的特点。

"古来"二句突然转折，写侍妾从极度被宠爱，到极度不再有人爱。因为夫主撒手而去，不再管自己了，为自己不能至死都侍奉主人而悲痛，和第一、二句一扬一抑。自古以来，不知有多少女子薄命非常，如今却轮到"我"了，不能至死都侍奉夫主了。奢华虽好，宠爱太短，点了题，真是"妾薄命"。

"起舞为主寿"是承第一、二句，"相送南阳阡"是承第三、四两句。侍妾刚刚还莺歌凤舞地为夫主祝寿，突然就泪流满面地送夫主出殡了。诗人以极简明的语言概括发生的事件。环境和情绪皆对比强烈，从之前还是歌舞升平，心情愉悦，马上就四周缟素，伤心欲绝了。其中有一种乐极生悲、生死无常的感觉。

第七、八两句是说，穿着夫主做的衣裳，侍妾怎么忍心去为别人歌舞，强作笑颜？"忍着主衣裳，为人作春妍？"也是隐含对当时士人谄谀权贵风气的批判和讽刺。在北宋中期，政治变幻莫测，旧党和新党轮番掌权，一般士人很忌讳公开师生关系，以免受到无辜的连累。陈师道用此诗正面表达自己不会像他们一样趋炎附势，随波逐流，他对老师忠贞不贰，不会再强颜欢笑，跟随他人。

最后四句是说，侍妾呼天喊地，悲痛万分；泪如雨下，一直流洒到黄泉。已经去世的夫主可能不知道，侍妾是日日夜夜惆怅，日日夜夜觉得自己好可怜。这四句是直吐胸怀，满腔悲痛，喷薄而出。然而去者再无知晓人间事，只有生者独自哀。整首诗在乐和悲、生与死、复与单、有知和无知的强烈对比中哀叹结束，感情真诚。

《妾薄命二首》一直被后人认为是陈师道的代表作，整组诗善用比兴手法，用男女一往情深写师生情深，以寄托心中的哀思，体现了陈师道的诗风诗格，因此《后山集》以此为冠。他的诗也充分体现了江西诗派的艺术特征，善于用典，无一字无来处，但是造字不生涩，不艰深，不局促，反而很是平白易懂且平淡恬雅，宛如天成。这其实处处透露着陈师道的功力之深。组诗感情哀婉深挚，读来催人泪下。

（二）

　　陈师道家庭条件非常困苦，没有能力养活妻儿，所以在宋神宗元丰七年（1084），岳父郭概出任成都府路提刑时，陈师道将妻儿交托给了岳父照顾，他一人留在长安（今陕西西安）。和家人分离时，他也情真意切地写了《送外舅郭大夫概西川提刑》《送内》《别三子》三首诗，尽显不舍之情。郭概到任后传信给陈师道报了平安，陈师道收到信后，感慨万千，大丈夫勤奋多年，功名无望，家徒四壁，连家人都无法养活，心中之悲痛无法言表，在这样的情况下写下了《寄外舅郭大夫》。整首诗突破了江西诗派清雅、内敛的风格，感情直露，催人泪下。

寄外舅郭大夫

巴蜀通归使，妻孥且旧居。
深知报消息，不忍问何如。
身健何妨远，情亲未肯疏。
功名欺老病，泪尽数行书。

　　首联写岳父寄信派人来报妻儿平安，诗人非常惊喜，知道岳父照顾得好好的，深感"家书抵万金"。这两句平铺直叙，而"巴蜀"二字就明白一家人相隔的距离甚远。"通归使"表明远方的消息终于传来，诗人由于担心且关心妻儿的状况，已经等候多时的焦虑从这三字显见。"且旧居"表明岳父信的内容很简洁。

　　颔联是写诗人很想详细了解妻儿在巴蜀的状况，可是也知道难于上青天的蜀道艰险，远隔千里，福祸难料，又急切盼望知道，又怕知道什么不好的情况，尽显那种欲言又止的矛盾心理。虽然已经知道平安了，但是觉得消息过于简单，担心隐瞒了什么真实的状况，可对着送信人不敢多问。"深知"和"不忍"将诗人对家人关怀的心路历程生动表现出来了。首联和颔联都分别出自杜甫《得家书》中的"今日知消息，他乡且旧居"这两句，和杜甫《述怀》中的"自寄一封书，今已十月后。反畏消息来，寸心亦何有"，这足以证明陈师道活用杜甫之诗已经达到了炉火纯青之境界。

颈联是说，尽管自己"不忍问"，但还是忍不住问了送信人，知道妻儿身体健康，心情一下就好了很多。诗人便表明，只要身体好就是好事，即使远隔万水千山，亲情是不会随距离而疏远的。

尾联是说，自己年纪逐渐大了，仍旧一事无成，功名未立才导致骨肉分离，夫妻分隔，觉得心中有愧，写着写着就泪流满面了，这也反映了诗人对社会不公的抗争。

陈师道是江西诗派的代表作家之一，他提倡朴素且简单的诗风，所以语言平淡且质朴，用口语化的语言入诗，格调古朴，感情率真，真正领悟了杜甫诗的精髓，尽显朴素、自然和真诚。方回评价这首诗："后山学老杜，此其逼真者。枯淡瘦劲，情味深幽。"

◎ 诗人小传

陈师道（1053—1102），字履常，一字无己，号后山居士，徐州彭城（今江苏徐州）人。家境贫寒，少年时期学习大家曾巩，没有做官的念头。宋哲宗赵煦元祐年初，因苏轼、孙觉等推荐，为徐州教授。后陆续出任太学博士、秘书省正字等职。推崇杜甫，受到黄庭坚的重视和培养，并称"黄陈"，为江西诗派代表性作家，经常和苏轼、黄庭坚等唱和。毕生致力于诗，曾说"此生精力尽于诗"，今存《后山先生集》《后山谈丛》。

秋在斜阳外

诗样年华 SHI YANG NIANHUA

一、李清照——大气清朗女豪杰

宋钦宗靖康二年（1127），北宋王朝在金兵的杀抢掠夺之下灭亡，宋徽宗、宋钦宗二帝和赵氏王公贵族、朝廷重臣、妃嫔宫女、百姓工匠被俘获。当时其实金兵也是孤军侵占部分中原之地，黄河南北有很多地方还没有落入金人之手，金兵数量也不是很多，尚未立足，只要宋高宗赵构能够全力抗金，还是有可能收复并维护当时宋朝的领土的。但是，宋高宗一开始就没有保家卫国之宏愿，带着朝廷重臣南下逃跑，先到扬州，再到临安（今浙江杭州）。因金兵追袭也曾逃到今天的绍兴和宁波，后来就定都杭州。当时也有不少主张蓄志抵抗金兵的文武官员，有志之士、爱国百姓也都建议不要一味南迁。李清照是当时著名的女词人，词风婉约清丽，她的诗作传世非常少，但这首《夏日绝句》确是一首传诵近千年的名作，而且诗风慷慨激昂，和词风大不相同，是以五言绝句的形式写出了一位爱国女诗人对时事的评论和见解。

夏日绝句

生当作人杰，死亦为鬼雄。

至今思项羽，不肯过江东。

这首诗题名《夏日绝句》，诗意非常浅显明朗。前两句直抒胸臆：活，就要活得有人生意义，做人就要做人中的豪杰；死，就要死得壮烈，即使做鬼也要做鬼中的英雄。后两句用典，这也是大家都熟知的项羽

李清照《夏日绝句》诗意图

的故事。楚霸王项羽当年率领八千江东子弟兵渡过长江来攻打中原，经历大大小小七十多场战役，战无不胜，无往不利，结果却被围垓下，被刘邦打败。项羽带残兵突围逃到乌江，时任的乌江亭长力劝他暂时为了躲避刘邦追杀而渡江到江东，以后东山再起，但是项羽却以"无颜见江东父老"而羞愤自杀。此举是否妥帖和造成的得失暂且不论，但是项羽这种"生为人杰、死为鬼雄"的豪迈是令人肃然起敬的。"人杰""鬼雄"，淋漓地表现了一种昂扬向上、顽强奋进、视死如归的英雄气概，这出于一位女诗人笔下，豪气十足，真乃巾帼不让须眉，令一众贪生怕死的男性官吏汗颜。

所以，李清照是借项羽这个典故来讽今，表达对偏安一隅、丝毫没有收复中原之雄心壮志、只知道苟且偷生的统治者的辛辣讽刺，其内心的悲愤、谴责之情显见。李清照之所以能够写出如此悲愤的诗，是因为她本人就是一个时代的经历者，在宋朝皇帝不保家卫国的软弱逃避下，金兵一路侵占，一路掠夺，一路压迫剥削百姓。在战乱中，李清照家破人亡，丈夫去世，而令人耻辱的靖康之变更迫使她丢弃了夫妻俩辛苦收集来的图书、金石、文物，为了躲避战乱，她一路南逃，历经艰辛。这首诗所表达的怨愤也是千千万万百姓的心声，出自一位女子之手，实为万分可贵！

"至今思项羽，不肯过江东。"诗人李清照现在才深刻地明白，当年项羽为什么宁可自杀也不肯逃回江东。诗人歌颂他"死"得壮烈，赞颂他"不肯过江东"而英勇就义的不怕死的精神。咏史的目的在于"讽今"，"至今思项羽"的"今"字，便是以悲愤的心情来最后挥臂呐喊：要重用忠臣，远离奸佞小人；要坚决抗战，就有望收复中原。但宋高宗赵构却"直把杭州作汴州"。一个"思"字，也是诗人李清照因战乱而颠沛流离、滴滴血泪的写照，令爱国志士和爱国诗人李清照对怕死的统治者极度愤慨。这简短数字，妙用典故，着眼现实，体现了诗人豪放高亮的胸怀与慷慨铿锵的气节，激励了爱国人士近千年。

◎ 诗人小传

李清照（1084—约1151），号易安居士，齐州章丘（今山东济南市章丘区西北）人。是北宋著名学者、进士李格非的女儿，金石学家赵明诚的妻子。少女时代就彰显才华，所作的诗词，被当时苏轼大弟子晁补之所称赏。青年时期，生活条件富足，与赵明诚一起喜欢收藏书画金石。金兵入侵中原后，就在南方流浪，居无定所。赵明诚病逝后，非常孤苦。是宋代婉约词派的代表，被誉为"千古第一才女"。诗作留存不多，感时咏史，情辞慷慨，和其词风迥异。有《易安居士文集》《易安词》，已散佚。后人有《漱玉词》辑本，今有《李清照集校注》。

二、陈与义——沉郁明快两重天

（一）

这首诗作于宋徽宗宣和五年（1123）的夏天，当时陈与义任太常博士一职。据宋洪迈《容斋四笔》卷十四《陈简斋葆真诗》记载，这年的夏天，陈与义和同屋共五个人一起游赏京城的葆真宫，在葆真宫内的一个池水边赏景交谈，就兴起取了唐代韦应物《游开元精舍》诗中的一句"绿阴生昼静"进行分韵赋诗，开起了诗会，陈与义抽得一个"静"字。诗作写成之后，"出示坐上"，其余几人都非常佩服，推其为第一。朱翌在现场目睹了这一情景，说京城中没有人不抢着传写的。自宋徽宗崇宁年间来，皇上因陈与义写《墨梅》诗而赏识他。现在这首诗京师人人传写，风行一时，陈与义以诗闻名也被传为佳话。

夏日集葆真池上以绿阴生昼静赋诗得静字

清池不受暑，幽讨起予病。

长安车辙边，有此荷万柄。

是身惟可懒，共寄无尽兴。

鱼游水底凉，鸟宿林间静。

谈余日亭午，树影一时正。

清风不负客，意重百金赠。

聊将两鬓蓬，起照千丈镜。

波微喜摇人，小立待其定。

梁王今何许？柳色几衰盛。

人生行乐耳，诗律已其剩。

邂逅一樽酒，它年五君咏。

重期踏月来，夜半啸烟艇。

诗以叙事总起，前四句交代朋友一起聚会葆真宫的缘由。第一句点明了时间是在"夏日"，看到一汪凛冽的清泓，诗人倍觉清凉。第二句是说，一起相约出游去探寻优雅精致之景，这样的兴致让自己的病也好了起来，顺便还可以开个诗会。第三、四句是说，真是令人意外，这喧杂的都城路边竟然有一个望不到头的万枝荷花荡漾的清池，也为下面赏葆真宫景即兴赋诗作铺垫。

接着分述具体写景。"是身惟可懒"以下四句先写周围景色的幽静。诗人是偷得浮生半日闲到此一游，看到这池中的鱼儿在水底下悠闲地游来游去，鸟儿静静地在林中休憩，一切显得那么幽静。描摹清凉的大树、池中的闲鱼、林中的鸟儿，衬托出周围环境的幽静、清凉。"鸟宿林间静"活用自王籍《入若耶溪》中的"鸟鸣山更幽"，衬托出诗人那时那刻内心的安宁。

接着"谈余日亭午"以下四句诗写他们相聚不易，朋友情浓言长，点出了题中的一个"集"字。他们许久没有这样轻松地天南海北地交谈了。不知不觉已经到了中午时分，大树如伞的遮阴，百金重礼都及不上此时的清风徐来。"聊将两鬓蓬"以下四句是写，诗人悠然地对着如镜的池水整理被风吹乱的鬓发，池水调皮地荡漾着微波，诗人只能静静地等着池水平静下来。"树影一时正"妙用的是刘禹锡《昼居池上亭独吟》中的"日午树阴正"，"意重百金赠"活用的是李白《古风》（其十）中的"意轻千金赠"，这也体现了陈与义作为江西诗派的代表人物之一，有着善于用典的艺术特点。而典故经过陈与义的活用或者妙用，韵长意也长。诗人用微波来比喻人生，寄托自己有耐心和定力以等到水平浪静之时的精神。

最后的"梁王今何许"以下八句，抒发感慨，感叹人生。当年居住在这里的主人梁王现在不知去往何方，站立在池边的杨柳几经风雨，历尽沧桑。人生在世应该珍惜当下，及时行乐，这次的吟诗作赋，相聚时喝的一杯杯酒，都是他年最好的回忆。何时我们几位好友再相约，一起在半夜里驾着小船，乘着月色，在这小池上继续吟诗。

诗人以水比喻不定的人生，想起葆真宫是梁王的故居，又觉得人生无常，应珍惜当下。在宋诗五言稍弱的情况下，陈与义这首诗布局构思在大起大落中见清澄隽永，诗言又细腻入微，很是清新别具。陈衍《石遗室诗话》推该诗为其压卷之作。

（二）

《牡丹》这首诗作于宋高宗绍兴六年（1136）的春天，当时陈与义因与宰相赵鼎政见相左，最终以病告退，除显谟阁直学士，提举江州太平观，寓居浙江桐乡青墩寿圣院塔下。他虽然远离官场，但依旧非常关心国事。陈与义是洛阳人，而洛阳牡丹天下闻名，当他看到春天绽放的牡丹时，想起国家的时势，想起个人的遭遇，诗人心中升腾起无限悲欣交集的感慨，于是写下了这首广为流传的忧国忧民的爱国诗篇。

牡　丹

一自胡尘入汉关，十年伊洛路漫漫。

青墩溪畔龙钟客，独立东风看牡丹。

诗题是咏物，而诗的内容实际上是借物抒怀。前两句是写，自从金朝入侵，朝廷抗金无力，中原沦陷已经一晃十年了，回望故乡洛阳，

陈与义《牡丹》诗意图

长路还是那么漫漫，"一自"与"十年"相对应，这十年时间的日日夜夜流离失所，十年时间的日日夜夜切盼收复，十年时间的日日夜夜翘首思乡都是"胡尘"的入侵造成的。"漫漫"反映出诗人对国家前途渺茫无望的慨叹之情，也隐隐谴责了腐败无能的南宋王朝。

诗人因为担忧家事国事天下事而迅速老态龙钟，他没能在洛阳和亲友一起赏观牡丹，而是独自一个人流落在这青墩溪畔，在徐徐春风中，站在异乡"独立东风看牡丹"。身体状况因思乡忧国而每况愈下，诗人站在牡丹前，不单单是欣赏牡丹了，而是表露自己内心那孤独凄然，和有家难归的怆然伤怀无人能够感同身受的悲苦之情。

在表面的平缓中叙述和表达自己内心剧烈翻腾的情感，这已经区别于宋诗改革先锋欧阳修的叙述，大家苏轼的浪漫肆意，江西诗派鼻祖黄庭坚的略显晦涩。这样的诗句更接近杜甫干净平叙中显深意的风格。陈与义在抒情上还过于纤细气弱，这也是江西诗派的一个弊病。他只是把思乡之情、亡国之痛深深埋在心底，遗憾的是，两年之后，诗人带着对故乡洛阳的牡丹之恋客死他乡。

◎ **诗人小传**

陈与义（1090—1139），字去非，号简斋，祖籍京兆（今陕西西安），其曾祖迁居洛阳，遂为河南洛阳人。宋徽宗政和三年（1113）考上太学上舍甲科。北宋末为地方府学教授、太学博士，南渡后，官至参知政事。因所作《墨梅》组诗被宋徽宗欣赏，也因此以诗出名。早期作品受黄庭坚和陈师道影响颇深，因此被列入江西诗派。元人方回有江西诗派"一祖三宗"之说，"一祖"是杜甫，"三宗"分别是黄庭坚、陈师道和陈与义。但陈与义在亲历靖康之变之后，感时抚事，其诗风也转为悲壮苍凉，不局限于江西诗派的诗风和诗格，已然是自成一家。今存《简斋集》。《宋史》有传。

三、陆游——奔放豪健爱国情

12世纪后半叶至13世纪初，宋诗达到了第二个高峰。南宋的第二位皇帝宋孝宗，奉高宗为太上皇，其间分别以隆兴、乾道、淳熙为年号，宋诗的第二个高峰开始了。和宋高宗相比，宋孝宗立志光复中原，收复大好河山，恢复名将岳飞谥号"武穆"。他曾出师北伐，失败后重新订了"隆兴和议"。其间，追赠苏轼以"义忠"为谥号。宋孝宗在位二十八年，禅让给儿子宋光宗，光宗后又禅位给儿子宋宁宗，宋诗的第二个兴盛期一直到宋宁宗的开禧年间为止。这段时期出现了很

陆游像

多诗人，其中以陆游为巨擘，范成大、杨万里、尤袤与之齐名，并称"南宋四大家"。几个人都生于北宋亡国之际，相差一两岁，互相也是好友。四人中只有范成大留存了在宋高宗时期作的诗，其他三人都删了当时作的诗来作为对宋高宗不抗金态度的无声抗议。

陆游的《剑南诗稿》有八十五卷，收录了陆游三十多岁至八十五岁去世间的诗作，总数约一万首，一开始由他本人按年次编集，后由长子陆子虡按照此前格式续编，并由陆游手校。取名为"剑南"，是陆游为了纪念川陕的军旅生活。他作诗随着年岁逐增越来越高产，到了六十六岁后，闲居到故乡绍兴附近的农村的二十年间，陆游几乎每日一首，如记日记一般，而且并不是光光追求数量，几乎没有敷衍之作和草草之作。这样多产的诗人到目前为止是前无古人、后无来者了，这也表现出陆游是行动派，是自律派。

这近万首诗中，以收复中原的愿望和恢复大好江山的爱国热情为主要内容，日常生活的记述、所见风景的描绘、爱情的追忆和教子的叮咛也是其中内容。

陆游是个行动派，所以他一生主张讨伐金国，一直在诗中表达想到前线从军作战的愿望，有着"三万里河东入海，五千仞岳上摩天"的慷慨激昂，也有着"遗民泪尽胡尘里，南望王师又一年"对当朝统治者的愤恨谴责。他直至临终还不忘叮嘱儿子们："王师北定中原日，家祭无忘告乃翁。"激昂澎湃的爱国之情令人敬佩。

陆游在爱情上是比较失败、懦弱的，迫于母命与原配离婚。他一直耿耿于怀，原配妻子成了他心中的白月光。晚年曾为回忆想念前妻唐琬作过《菊枕》和《沈园》的诗，其中充满了感伤，但是和北宋欧阳修等人不一样的是，他坦然地承认悲伤，但是不长陷于悲伤。悲伤的坦荡荡流露，也是对唐诗抒情的回归。

陆游诗风是最接近杜甫的了。他近一万首诗作中有一半是七律，写作的诗风相当接近杜诗。和杜诗的差别在于两个方面，一是杜诗的第一、二句都是写景为主，而陆游的诗受北宋以文入诗诗风的影响还是会一半描景，一半叙事写人。二是陆游在诗中表现的激情不像杜甫，沉浸在自身和世事中异常悲哀，无可自拔，陆游的情感还是理性的，善于克制，也善于抵抗，从苏轼等大家那里继承了旷达地和世事相抵抗的处世哲学，坦荡地认可自己有悲哀有忧愁，也承认其是人生组成的一部分，他在去四川任上时作的《春愁》中抒发了"春愁茫茫塞天地，我行未到愁先至"的感慨。八十四岁时作的《读唐人愁诗戏作》中的"清愁自是诗中料，向使无愁可得诗"一句还说忧愁正是写诗的素材。当然，陆游认为生活不止有悲伤，还有幸福。《山头石》中"老翁一生居此山，脚力欲尽犹跻攀。时时抚石三叹息，安得此身如尔顽"，表达了陆游时常抱有遗憾，但也时常抱有希望的人生哲学。受到苏轼洒脱、宏观的处世哲学影响颇深，又加上他天生的饱含激情和家庭世代的教养，他所作的诗富含感伤，又不会沉陷于感伤，具有开阔的视野和高明的远见。陆游一生对国家有着非常深厚的感情，他希望恢复河山，主张打仗，他刻骨的爱国意识使其写出了一首首多角度反映社会现实的爱国诗；隐居故乡绍兴后，又写出一首首淋漓尽致地展现南宋时期浙东农村生动活泼的生活场景的田园诗。

江湖派诗人戴复古是评价陆游诗最早的人之一，他在《读放翁先生〈剑南诗草〉》中说："南渡百年无此奇。"就是说，南渡后的百年间，没有一个诗人比得过陆游，能如陆游这样优秀。他评价陆游的诗风是"入妙文章本平淡，等闲言语变瑰琦"。

（一）

陆游在隆兴府任通判期间因为极力赞同张浚北伐而被投降派弹劾罢归故里，心中义愤填膺。诗人当时选择在镜湖附近的三山居住，在乡居期间和农民结下了深厚的情谊，他虽然貌似悠闲，但是从未忘记国事，对于当朝统治者也总是抱有希望，觉得总有一天会奋而抗金，收复中原。这首《游山西村》作于宋孝宗乾道三年（1167），对比狡诈的官场，诗人在家乡淳朴的民风中感受到了无比的欣慰和温暖。

游山西村

莫笑农家腊酒浑，丰年留客足鸡豚。
山重水复疑无路，柳暗花明又一村。
箫鼓追随春社近，衣冠简朴古风存。
从今若许闲乘月，拄杖无时夜叩门。

这是一首纪游诗。首联是说，诗人走到山西村，被一家农民邀请去做客，而且硬留他吃饭，让诗人不要嫌弃农家腊月里酿造的米酒已经有点浑浊，因为遇上了丰收年，所以招待客人的鸡肉猪肉有的是，足够管饱。这两句把绍兴农民的热情好客表现得淋漓尽致，渲染出丰收之年农村欢悦的景象。"莫笑"其实是对农民淳朴作风的称赞。

颔联是说，诗人从自己居住的村子出发，信步而走，在附近漫游，山路萦萦绕绕，山峰重重叠叠，山间的小溪弯弯曲曲，突然觉得无路可走了，顿生茫然，正当愁闷得只能往前走时，看见浓郁的柳树边，繁花盛放，惊喜地出现了"柳暗花明又一村"，一抬首忽然豁然开朗，又是一座山村。这两句诗用了当句对的艺术形式，"山重"对"水复"，"柳暗"对"花明"。其蕴含了非常深刻的人生哲理。因为平生不可能一帆风顺，总会遇到一些艰难坎坷，面对一些看似过不去的绝境、无路可走的局面，一定要相信最困难的时候或许就是机会来临的时候，只要再坚持一会儿，或许也会"柳暗花明"，前景会豁然开朗。这无论是在学业、事业上，还是研究学问和交友上都可囊括。这两句因此成了妇孺皆知、广为传诵的名句。

颈联是说，来到村子里，路的两侧是喧闹的鼓声和箫声，一打听原来是春社（一般为立春后第五个戊日）将近，村民穿得都很简朴可爱，正忙着在祭社呢，真乃古风犹存。只见他们一个个欢天喜地的，热闹非常，大家期盼今年仍旧是一个丰收年。

尾联是说，诗人也沉浸在这快乐的氛围中，并且和农民们打成一片，从今以后，空时在月夜都会来敲门做客的，这从侧面烘托出诗人对传统文化的热爱和赞许。诗人已"游"了整整一天，那时明月高悬，大地一片静谧，别有一番情趣。于是他心中有了这样的期望，即之后"闲乘月"时能"夜叩门"。一个热爱家乡，和农民亲如一家，与农民亲密无间的诗人形象就呼之欲出了。

首联和颔联采用倒叙的形式，先是描写"又一村"的欢乐景象，然后再写路途中的景象，颈联再回到这村里的景象，最后写农家留客的情景。这首诗也是诗人的真情流露，写作时，诗人正好被罢官，受尽统治者的迫害，心里真有过不去的"山重水复疑无路"的绝境之感，但是被农民热情款待，一下子温暖地觉得"柳暗花明"。陆游创造出了这如珠落玉盘、极具高艺术水平的哲理诗句。

（二）

陆游自淳熙五年（1178）被宋孝宗召见以来，也并未得到重用，

133

在福建、江西做了两任提举常平茶盐公事，因"不自检饬，所为多越于规矩"被以"擅权"罪判定罢职闲居。闲居在家五年，远离政界，对于政坛上的相互倾轧、尔虞我诈、世态炎凉体会更深。这首《临安春雨初霁》是时年六十二岁的陆游写于宋孝宗淳熙十三年（1186），此时的他收复中原的壮志未减，但少了年轻和中年时候的意气风发和放逸不羁，而且日益体会到南宋统治者的软弱无能和苟且偷安及臣臣之间的黑暗勾结。就在这一年的春天，陆游重新被起用，任命为严州知州，赴任之前先去觐见皇帝，他在西湖边的客栈听候召见时写下了这首广为流传的名作。

临安春雨初霁

世味年来薄似纱，谁令骑马客京华？
小楼一夜听春雨，深巷明朝卖杏花。
矮纸斜行闲作草，晴窗细乳戏分茶。
素衣莫起风尘叹，犹及清明可到家。

诗的首联是说，世态人情薄得像一层透明的纱，"我"已经尝够了。是什么原因，又是谁让"我"骑着马到京城临安来客游，在等待中过这寂寞而又难堪的生活呢？诗句在讲到"世味"的时候，用了一个"薄似纱"的比喻，来直接讽刺这黑暗又无能的政府，表达对那时尔虞我诈的世事和淡薄人情的不满。

诗的颔联是说，诗人住在小楼上，由于心情郁闷一夜都没有入睡安眠过，就听着那淅淅沥沥的春雨，和天亮时幽深小巷里传来的卖杏花的悠悠叫喊声。这连绵的春雨和明媚的春光通过诗人的听觉展现无遗，诗人描绘了西湖畔意味深浓的春景。小楼听雨，雨中杏花，然后雨转晴，才出来卖花姑娘的叫卖声，很有春意情趣。明媚的春光与诗人内心的愁闷和怅然形成了鲜明的对比，语言清新含蓄且有深意。这两句成了脍炙人口的名句。

诗的颈联是说，诗人等候了很多天，在客栈里闲得无聊，练习草字，又倚在窗前品茶消遣。陆游的草书写得很是洒脱含蕴、淡雅清亮。平时没有很多的时间去写草书，现在在这里静候召见，闲极无聊可以写写草书了，也可以用分茶的方法泡泡茶喝。分茶是宋人泡茶的方法之一，倒入开水后，再用筷子搅拌茶乳，会出现各种形状，现在这种泡茶方法已经失传。陆游看似很有闲情雅致，情趣十足，但他内心是无比的烦躁和愁苦，只好用"听春雨""闲作草""戏分茶"来消磨这百无聊赖的时光了。

诗的尾联是说，正因为一直在客栈，就不用担心沾染闹市灰尘，估计到了清明时分就可以和家人团聚了。陆游不知道等候召见都要这么长时间，国家岌岌可危，统治者又软弱无能，而诗人觉得这样的等候是浪费生命，无趣无聊又可悲至极，所以就发出这样的感叹。

整首诗体现了陆游对朝廷给他这个职务的不满意，他一直空有满腔收复中原之抱负，朝廷不派他去打仗收复失地，那还不如回家耕田，他感觉京城和皇帝都容不下自己的满腔热血，悲愤之情溢于言表。一直在客栈静候召见，无外出，也表达了陆游不和其他在京城做官的人同流合污，也不肯趋炎附势，并且急于回到山阴，免得遭受京城中有些品劣的人污染的情感。

（三）

写《秋夜将晓出篱门迎凉有感》两首诗时，是在宋光宗绍熙三年（1192）秋。陆游在宋孝宗淳熙十六年（1189）时，自朝议大夫（正六品）礼部郎中任上被罢官回到故乡绍兴近四年了，村居生活很是平静，但内心并不平静。尽管他年岁逐增，还有疾病缠身，但是依然心怀天下，希望自己有生之年能够收复中原的壮志未改。那时刚初秋，但暑气仍在，还是很闷热，这让他不得安眠。将晓之际，他走出篱笆门，以解心闷烦躁，写了两首诗。以下是第二首。

秋夜将晓出篱门迎凉有感二首（其二）

三万里河东入海，五千仞岳上摩天。

遗民泪尽胡尘里，南望王师又一年！

诗的第一、二句是说，黄河绵延不断，滔滔江水向东流入大海，巍巍华山，高耸入云。"三万里河"指黄河，"五千仞岳"指华山，而黄河和华山都被金人占领了。本来静止的山河用了"入""上"二字，这让人感到黄河的生气、华山的雄伟，展现了中原地区的壮丽河山。"东入海"的黄河愤怒地咆哮而来，愤慨的华山也昂然挺立，直耸青天。这两句用壮丽的风景来衬托诗人失去中原河山的沉痛之情，意境深沉。

诗的第三、四句是说，那些被金人占领的土地上的北宋百姓难受地流尽了眼泪，依然向南盼望着南渡的统治者和重臣去收复失地，就这样熬过了一年又一年。"泪尽胡尘里"中的"尽"字，真的令人无比难受，无比辛酸；在"胡尘"里哭泣，愈发显得沉痛悲伤。"南望王师又一年"中的"又"反映了眼巴巴盼望"王师"来解救他们的遗民，一年年望不见"王师"的踪影，"又"字把时间拉长了六十多年，诗人写北地遗民苦盼已经忘掉国耻的南宋皇帝和大臣们，实则表露了对南宋统治集团的深深失望。而"望"表达了诗人每一年从希望到失望又绝望的千回万转的悲壮心声，也表达了陆游渴盼亲自从军北伐、收复中原、统一祖国的宏愿。

整首诗慷慨雄浑，意境辽阔且苍凉，情感悲愤且沉痛。读时令人奋起，只想快马奋蹄，去伐金人，收复中原，以了陆游之壮愿。

（四）

陆游与表妹唐琬成亲，是在陆游正光华之年——二十岁时，两人琴瑟和谐，形影不离。但是他们的婚姻却得不到陆游母亲的祝福，她讨厌甚至憎恶唐琬，这对恩爱夫妻被迫离婚。离婚后，陆游奉母命和王氏结婚，而唐琬也改嫁给了赵士程。数年后，两人在沈园不期而遇，彼此难抑心中的悲伤。别离后，唐琬还派人送了陆游喜欢吃的酒菜，陆游则在沈园题了一首著名的词《钗头凤》。唐琬知悉后，亦奉和一首，从此落落寡欢，悲伤难已，不久后抑郁而终。后陆游重游沈园时，已经距上次和唐琬相遇过了四十多年，是在宋宁宗庆元五年（1199）了，陆游已入暮年（七十五岁）。忆相遇唐琬往昔种种，伤感而作下了两首绝句，以下是第一首。

沈园二首（其一）

城上斜阳画角哀，沈园非复旧池台。

伤心桥下春波绿，曾是惊鸿照影来。

诗的第一、二句写景，一抹斜阳的余晖泻淌在城墙上，一声声凄凉的画角，阵阵悲哀。"画角"是古时军中所用，声音洪亮而尖厉，是一种有花纹的号角。城上斜阳与哀鸣画角声，用视觉和听觉来衬托诗人伤悲的心情和悲凉的氛围。

诗的第三、四句怀人。诗人踽踽前行走进了沈园，站在园中，环顾四周，回忆着，寻觅着四十多年前和原配妻子唐琬相遇的情景；但是，一切都变了，亭台已经重建了，柳树也老了，踏步向前，终于见到那座桥依然在，桥下碧绿的春水也如昨日，只是水流泪泪如在鸣咽，好似在水中见到了轻盈娇美的唐琬的倩影。经过数十年的沧海桑田，沈园的楼台已经不是当年和唐琬相遇时的楼台了，物也非，人也去。

陆游《沈园二首》（其一）诗意图

而"春波绿"的桥下曾是"惊鸿照影来"，重现了四十多年前的场景，本是非常美丽的春景，却说是伤心桥，因为再也见不到"惊鸿照影"了，情景交融间，体味到诗人的伤情伤心，已经是垂垂老矣的陆游显得更加凄凉。诗人把内心对妻子唐琬的深情融入了大自然中，读来甚是凄凄惨惨戚戚。

陆游本是豪放激昂之人，但是回忆和思念原配妻子唐琬的诗作总写得缠绵凄恻、哀婉细腻。艺术风格也不尽相同，只是语言仍保持自然干净。陈衍在《宋诗精华录》中评价《沈园二首》说："无此绝等伤心之事，亦无此绝等伤心之诗。就百年论，谁愿有此事？就千秋论，不可无此诗。"

（五）

《示儿》这首诗是诗人陆游的临终绝笔。陆游于宋宁宗嘉定二年十二月二十九日（1210 年 1 月 26 日）去世，享年八十五岁。他在北宋被灭亡前夕出生，亲历战乱之苦，辗转在南宋又经历乞和的耻辱，一生心心念念要收复中原，但是一生从未得到朝廷重用，作为主战派的他被多次罢职闲居故乡绍兴，清贫度日直至去世。他的一生应该是失意的，但是从未动摇过恢复中原的意志，也一直保持爱国热情。这首诗就是陆游一生政治抱负和爱国思想的总结和升华。

示 儿

死去元知万事空，但悲不见九州同。
王师北定中原日，家祭无忘告乃翁。

诗的第一、二句是写，诗人很明白，人一旦去世，万事都是空的；很遗憾的是活着的时候没有亲眼看到祖国的统一。诗人临去世前，万事都放下了，唯有不见"九州同"放不下。"万事空"与"九州同"看似矛盾，其实体现了陆游的大胸怀，个人之事都不值得一提了，但是祖国统一一直是大事，截然相反的态度，烘托了诗人的爱国赤忱。

诗的第三、四句是写，从来都相信南宋的军队终有一日会收复中原失地，到时候在家祭时，千万不要忘了将这胜利统一的好消息告知你们九泉之下的老父亲。叮嘱孩子们"无忘"映衬他的念念不忘。这是诗人对孩子们的遗嘱。遗嘱中一字不提及私人之事，字里行间都能体会到陆游的爱国热情，很是悲壮，古往今来，无人能比，在这一点上是极其可贵的。遗憾的是，南宋朝廷直至灭亡都没有出师中原，家祭无言告乃翁。

整首诗语言仍保持平易朴素，晓畅自然。用这样一首壮志蕴含于悲痛之中、爱国基调激昂的七言绝句来结束他漫长的创作生涯，也是极其难得的。直到今天，这首《示儿》妇孺皆知，仍然万口传诵，深入人心，其义自见的爱国精神永远振奋人心。

◎ **诗人小传**

陆游（1125—1210），字务观，号放翁，越州山阴（今浙江绍兴）人。宋高宗绍兴二十三年（1153）参加礼部主持的考试，考中了第一，秦桧的孙子秦埙为第二，此后因触怒了秦桧而为其所黜。宋孝宗即位后，赐进士出身，曾任镇江、隆兴、夔州通判。宋孝宗乾道八年（1172），入四川宣抚使王炎幕府，投身军旅生活。后官至宝谟阁待制。一生主张抗金而被主和派阻挠，报国无门也无望，但是饱含爱国忧民的激情，爱国诗雄浑豪迈，慷慨且悲慨，而日常生活的诗作则写得清新且婉转，明朗且圆润。晚年退居家乡。在诗、词方面有突出成就，散文、书法成就也很突出，尤其擅长于史学。与尤袤、杨万里、范成大并称"南宋四大家"。陆游的诗作今存有九千余首，著有《剑南诗稿》《渭南文集》《南唐书》《老学庵笔记》等。

四、范成大——浅显清新入田园

范成大早年一直在外做官而游历四方，五十七岁以后，就退职闲居于苏州石湖。宋孝宗淳熙十三年（1186），在苏州石湖郊外别墅闲居的范成大已六十一岁，根据所见所闻的周围农村生活情景写下由六十首七言绝句所组成的组诗《四时田园杂兴》，真正奠定了他在诗坛上的地位，也因此获得了"田园诗人"的称号。和王维写的田园诗不同，

范成大像

王维更注重通过对鸡犬牛羊及农民的描述，表达闲情逸致，而范成大则通过对江南农村的仔细观察和亲切感受，生动且真实地表达出农家的喜怒哀乐。他不仅写出一年四季农村的景物变化，而且还将农民们的生活、劳动和风俗习惯都从诗中流淌了出来。这种体量和类型的田园诗此前还没有在诗坛上出现过，是范成大独具创新的作品，可谓范成大晚年的名作。组诗清婉娴雅，别出心裁，得到了"12世纪中国江南农村生活的风俗画"的美誉。这组田园诗集中国古代田园诗之大成，代表了其新发展。

（一）

宋孝宗淳熙十三年（1186），那时候宋、金南北对峙，暂时处于休战局面。生活在江南的农民也暂时喘一口气，人和景似乎都有了生气，也有了希望。范成大因病在石湖疗养，触目所见皆是乡村景物，随着四季变化吟咏成诗六十首，诗作总名《四时田园杂兴》，按春、晚春、夏、秋、冬分五组，每组十二首。下面这首诗是《春日田园杂兴》组诗中的一首，写的是初春时节在自家周围所见，描写了春光遍地涌来的气势，初春万物复苏可见一斑，煞是生动。

春日田园杂兴十二绝（其二）

土膏欲动雨频催，万草千花一饷开。

舍后荒畦犹绿秀，邻家鞭笋过墙来。

诗的第一、二句是写，大地一下苏醒了，土壤都松软了起来，一阵阵春雨滋润大地，连花草都苏醒了，一时间百花争妍，万紫千红。"土膏欲动"是说土地都解了冻，有了温度。"雨频催"是说这个阶段下着迷蒙细雨，以滋润大地。这样天上和地下一起被春"挖"醒了，春天的气息一下子四处弥漫起来。"万草千花"也醒了过来，万草一下子抽芽而如茵，千花一下子盛绽开花，转眼都弥漫着春的气息。"动"和"催"是诗人将大地和雨都赋予了生命，更加形象地凸显了春天的活泼和强盛的生命力。"一饷开"三字趣味地衬托出挡不住的蓬勃春意。

第三、四句，从宏观到微观，将寻觅春天转移到了院子的一角。虽然屋后的院子已经很久没人耕耘，但是花草都争先恐后地开了花、抽了芽，一片郁郁葱葱。再看看墙根下，居然正长着几棵鲜嫩鲜嫩的笋芽。一瞧，居然是邻居家的竹鞭调皮地、热情地横穿过来，可谓不请自来了。从漫山遍野的千花万草，到自己屋后的野花杂草，再到热情如火、破土而出、横穿而来的邻家笋芽，这一切令人觉得整个身心都被春天盎然的气息所充斥了。描写形象而生动，浅白而活泼。无论百姓生活还是国家社会都充满希望，是一派欣欣向荣的景象。诗人的喜悦跳动在字里行间。

（二）

阳春三月，是在清明谷雨前后，草长莺飞时刻，江南有了融融暖意。这时微风徐徐，细雨斜斜，是可以播种生命和早茶吐翠、茶香渐浓的大好时节，自然更是农民春种和采茶的时节。下面这首诗充满烟火气，描绘了一幅农民在田间地头春耕、备耕、采茶的忙碌又辛劳的画面。

晚春田园杂兴十二绝（其三）

蝴蝶双双入菜花，日长无客到田家。

鸡飞过篱犬吠窦，知有行商来买茶。

　　第一、二句是写农忙时农家周围的安静。阳春三月，一对对绚丽多彩的蝴蝶在黄灿灿的油菜花地里安静地飞来飞去。这是江南忙着春种和采茶的季节，农民都到田里春耕去了，家里都空空的，没有人来串门。字里行间让人体味到农村家里的安静，甚至有些冷清了，描绘出一个万籁无声的场景。蝴蝶和菜花点明了时令是暮春时节，也让人感受到春天的生机盎然。"日长无客"用结果来反衬出农民春播的繁忙。

　　第三、四句写农家的喧闹。突然看家狗对着墙洞拼命地叫，鸡突然被惊得扑腾着翅膀居然飞过了篱笆。一下子原本寂静的家里闹腾得有些嘈杂，一看原来是采购新茶的商人来了。这两句是因果关系，先

范成大《晚春田园杂兴十二绝》（其三）诗意图

写喧闹的结果，再写导致喧闹的原因，用"知有"两字作为过渡，很是自然。后面觉得嘈杂是因为之前"日长无客"现在突然有人来而对比出来的。宋代是官府控制茶叶买卖的，只有获得官方发的"长引""短引"凭证的商人才能下乡收购，自然农民也依靠他们收购卖出新炒制的春茶。

在整首诗中，诗人就是描述所见实景、所见实事，没有加入自己的主观情感，也不像田园诗的鼻祖陶渊明写自己亲自耕种和做隐士的愿望，但又能体会到诗人范成大对农村生活的喜爱。诗的一、二句和三、四句同样也互为因果，正因为"日长无客"，所以行商上门采购新茶时才会鸡飞狗跳，喧闹得很；也因为这时只有行商出入农家，就更衬托出了农忙的情状。

范成大将眼中所见的蝴蝶、油菜花、鸡、狗、篱笆、狗窦这些各自独立的田园风物拼成一幅田园风景图。令人惊喜的是，诗人将行商也作为田园的一部分，这相对历代诗人所采写的来说别具一格，一首动静相间、有声有色、有情节的田园生活诗就跃然眼前了。

（三）

范成大是一位非常关心民生的官员，曾写过《催租行》《后催租行》。仔细吟味"探梅公子款柴门"，做到诗人的"诗要字字作，也要字字读"，就不难领会诗人通过实事描述来表达的言外之意。

冬日田园杂兴十二绝（其十一）

探梅公子款柴门，枝北枝南总未春。

忽见小桃红似锦，却疑侬是武陵人。

第一、二句写一位公子敲开农家的柴门来探梅，可是围着梅树上看下看、左看右看也不见一朵梅花开放，为后面看到小桃红而作铺垫。

第三、四句是说，正当公子非常失望，想遗憾离去时，突然抬首看到了正盛开的早桃花，心中惊喜油然而生，没见着梅花的风骨，却看到了阳光下盛开的小桃花，像极了红锦。这里的农民难不成是陶渊明笔下的桃花源中之人吗？

诗人没有通过自己去"探梅"，而是写一位王孙公子来乡间"探梅"。连着范成大写的关心和同情百姓的《催租行》《后催租行》及六十首田园组诗来看，"却疑侬是武陵人"这句诗是蕴含深意的。这些王孙公子厌倦了平日里的都市繁华和喧闹，来乡间探寻一处宁静：可能听到唱渔歌，便以为是农民渔家乐；听到林间鸟鸣、农家鸡飞犬叫，就以为是农家乐；看到家中院子里盛开桃花，就联想到桃源人。而诗人范成大是了解田家生活的，他不会因为在深冬季节看见农家有早开的桃花而羡慕地认为这里是桃花源。《桃花源记》中所写的桃花源是与世隔绝的，没有层层催租人的劣事劣迹。公子吃饱喝足，闲来无事来乡间探梅，却不知他的饱餐都是农民辛苦劳作出来的。

整首诗语言清婉明隽，景色怡人，将场景再现。通过对田园景物和来田园人物的实景实事描述，侧面烘托出诗人关心和同情民生疾苦的心怀，这也是诗人的田园组诗能够轰动诗坛的主因。

◎ 诗人小传

范成大（1126—1193），字致能，号石湖居士，苏州吴县（今江苏苏州）人。绍兴二十四年（1154）考中进士。历任枢密院编修、处州知府，知静江府兼广南西道安抚使、四川制置使、参知政事等职。乾道六年（1170）时奉命出使金国，坚贞不屈、不畏强暴，几度有被杀的危险，终不辱使命，当时的出使故事也名震一时。晚年退居故乡石湖。范成大的诗学习很多名家，题材很丰富，或抒发爱国之情，或描绘田园风光，或记录风俗风物，晚年特别擅长写田园诗，因此被称为"田园诗人"。与陆游、杨万里、尤袤并称为"南宋四大家"。今存有《石湖居士诗集》《石湖词》《桂海虞衡志》《吴船录》等。其中，《石湖居士诗集》有三十四卷，共一千九百一十六首诗，和陆游写的诗比起来诗风娴雅淡泊，没有陆游诗写得那么狂放多彩。陆游是钱塘江以东的绍兴人，范成大是苏州人，他们诗风的差异也是以陆游为代表的浙派和以范成大为代表的吴派之间艺术风格差异的早期表现。范成大由于在各地担任高管的履历，所以形成了写游记的习惯，尤其是在宋孝宗淳熙四年（1177）自四川制置使召还，沿着长江而下时根据所见所闻所写的《吴船录》，与陆游在七年前，从下游溯流而上根据所见所闻所写的《入蜀记》有得一拼。

五、尤袤——自然晓畅恤民情

唐朝的杜甫因诗中常无情地揭露社会黑暗现实而被称为"诗史"，宋徐梦莘《三朝北盟会编》中也因《淮民谣》这首诗将尤袤视为诗史。尤袤写这首诗时担任泰兴（今属江苏）县令，当时金人欲南侵，所以他亲自带部下抗敌，亲见在淮南设置了征乡兵的山水寨，乡绅和一些官吏勾结欺压百姓，导致百姓不堪重负，痛苦不堪，家破人亡，面对百姓因此而贫困甚至死亡的场景，尤袤产生了深深的同情之心，《淮民谣》这首诗，就是时任县令的尤袤作为亲历者根据所见所闻而作的，是非常珍贵的有关宋朝征用乡兵的第一手史料。诗中的泰兴县当时隶属淮南东路。淮南东路是北宋时期的一个地方行政区，首府在今天的扬州。

淮民谣

东府买舟船，西府买器械。

问侬欲何为？团结山水寨。

寨长过我庐，意气甚雄粗。

青衫两承局，暮夜连勾呼。

勾呼且未已，椎剥到鸡豕。

供应稍不如，向前受笞箠。

驱东复驱西，弃却锄与犁。

无钱买刀剑，典尽浑家衣。

去年江南荒，趁熟过江北。

江北不可住，江南归未得！

父母生我时，教我学耕桑。

不识官府严，安能事戎行！

执枪不解刺，执弓不能射。

团结我何为，徒劳定无益。

流离重流离，忍冻复忍饥。

谁谓天地宽，一身无所依！

淮南丧乱后，安集亦未久。

死者积如麻，生者能几口？

荒村日西斜，破屋两三家。

抚摩力不给，将奈此扰何！

这首诗的开头便描述了被征用的"乡兵"展示了自备武器的惨状——"东府买舟船，西府买器械"，来回奔波，诗人见了就问道买船买器械干什么，农民无奈地回答：组建"山水寨"。从"团结山水寨"直到"一身无所依"二十九句诗，句句字字都是通过一个流离失所、

尤袤《淮民谣》诗意图

苦难不堪的被征的"乡兵"的血泪控诉,来回答尤袤的"问侬欲何为"。诗人放笔写山水寨由于豪绅和官吏的勾结,导致了器械的垄断,改变了国家征用乡兵是为抵抗金兵入侵的初衷,变成了恶霸鱼肉乡民的幌子,存在种种弊端,使百姓们遭受了难以忍受的折磨。

"寨长过我庐"以下八句写了寨长和公差的恶行。寨长经过这位乡兵的家,态度粗暴,穿黑衣的公差又在黑夜里来勒索,百姓害怕的惊叫声四起,马上杀鸡宰猪地孝敬他们,如果有一点做得不到位就会遭受鞭打侮辱。

接着"驱东复驱西"以下八句直叙做了乡兵以后的遭遇。做了乡兵以后,就整天疲于奔命,根本没有时间种自家的田,农田都已经荒芜,为了买刀剑等器械,只好当完了妻子的衣服。碰到了荒年,我们逃荒去了江北,但是也没法活命,回到江南也一样没有生路。

再从"父母生我时"以下十二句,写了被征乡兵的直接诉苦。父母生下"我"后，只知道如何种田养蚕，也不懂官府规矩，怎么当兵打仗，不知道怎么用枪、怎么射箭，根本不起作用，到现在，种田没时间种，弄得一无所有，挨饿受寒，简直劳民伤财，一点没用。是哪位先人说天高地广？"我"怎么连一个安身立命的地方都没有！

诗人记录的这一大段乡兵的控诉，反映了当时社会的矛盾。宋代的兵制，除了"官兵"之外，还有"乡兵"，"乡兵"的待遇和"官兵"的待遇完全不同。"官兵"是有薪饷、有刀剑等必备武器的，而"乡兵"既无薪饷也无刀剑等武器，甚至连船都要自备，搞得百姓苦不可言，负担极其重。"乡兵"征兵的制度就是当地人口中每一户有二丁就抽一丁，有四丁就要抽二丁，《宋史》卷中写道"乡兵"是为了"团结训练，以为防守"。淮南一带的"乡兵"组织，就是《淮民谣》中写到的"山水寨"，朝廷组织"乡兵"的出发点是为了防御金兵来南侵，但是乡绅土豪和官吏同流合污，乘机敲诈勒索，损公肥己，给百姓带来了惨重的人为灾难。

最后的"淮南丧乱后"以下八句，是作为县令的诗人对所见所闻抒发的议论和感慨。被征"乡兵"着重控诉被抓丁以来受到的磨难，以个例见普遍现象，诗人的议论是以点带面，写出应征乡兵而百姓"死者积如麻""破屋两三家"的悲惨景象，而自己虽然作为县令，想去改变，想去救济，想去安抚却是力不从心。"力不给"，沉重心情溢于言表，诗人为民立言、为民请命之举显见。

尤袤学习并继承了白居易提倡的"文章合为时而著，歌诗合为事而作"的现实主义传统，整首诗采用了白居易乐府歌谣的形式，语言质朴浅白，格调悲怆，构思凝练，取材精当，构思布局和杜甫的"三吏三别"等诗类似，抓住并发掘具有典型意义的细节，同时将自己的感情和议论自然地寓含在所见所闻之中，更深刻地揭示讽刺对象的本质，增强了史诗的艺术表现力。

◎ 诗人小传

　　尤袤（1127—1194），字延之，号遂初居士，无锡（今属江苏）人。宋高宗绍兴十八年（1148）进士。曾任泰兴令、江东提举常平等，累官至礼部尚书兼侍读。立朝敢言，守法不阿。非常喜欢藏书，家有一座藏书楼，楼名取为"遂初堂"，还编有《遂初堂书目》行世。其诗和杨万里、范成大、陆游齐名，时称为"南宋四大家"。所作诗作大都已经散佚。清人辑有《梁溪遗稿》。

六、杨万里——活泼浅白"诚斋体"

　　南宋中期第三个大家是杨万里，他喜欢每转换一次地方任职或赴京城为官就出一本诗集，在第一本诗集《江湖集》的自序里就叙述了师法同乡黄庭坚的诗风诗格，后来转而学习陈师道的五言律诗，又过了一段时间开始学习王安石的七言绝句，求知若渴的他之后又学习了唐人的七言绝句。宋孝宗淳熙十四年（1187）于江苏任职时所出的第二本诗集《荆溪集》，其序言如是说，在宋孝宗淳熙五年（1178）时，杨万里在学习了这么多名家前辈之后，"忽若有悟"，将以前奉为范本的名家之诗风全部抛却，"万象毕来，献予诗材"，提倡"活法"。

杨万里像

"活法"本是江西诗派的吕本中提出来的，意思是在不破规矩的情况下，多一点变化，多一点婉转，多一点清新，多一点活泼，以显得不生硬、不艰涩，以幽默风趣诗风为上。杨万里一生勤奋，据说作了两万余首诗，今存四千多首，在写作数量上仅次于陆游，属实是高产诗人。

自由阔达是杨万里总体的诗风，在其五十二岁顿悟之前其实已经逐渐如此，不仅作诗的内容很自由，在诗中用词也相当自由潇洒，夹杂了很多俗语，他的观察和想法也非常新奇，由于用词和表达的内容很自由，杨万里被认为是一个轻快而不沉稳之人，但是他的诗和他的为人就如他的号"诚斋"一般，杨万里有着非常认真且诚实的写文作风。杨万里一生忧国爱民，诗写得别具一格，富有变化，他写了很多具有奔放雄健之势的爱国诗篇，如《初入淮河四绝句》《雪霁晓登金山》《读罪己诏》等，也有体现流转活泼、细腻新奇功力的小景小物诗篇，如《闲居初夏午睡起二绝句》《小池》等。

（一）

《小池》这首诗作于宋孝宗淳熙三年（1176），当时的杨万里赋闲在家。诗人非常喜爱在大自然中徜徉，贴近大自然，咀嚼大自然，并且在所见所闻中领悟人生。这一阶段作的诗活泼自然，意境豁达，诗言浅显，和自然融成一体。而《小池》这首诗使得他所创的"诚斋体"诗风至此站上诗坛。

小　池

泉眼无声惜细流，树阴照水爱晴柔。
小荷才露尖尖角，早有蜻蜓立上头。

诗的第一句是说，泉水悄无声息地溢出来，涓涓而流，似乎泉眼特别珍惜这澄澈的泉水。一个"惜"字，一下子赋予泉眼生命和感情，泉眼就是因为珍惜这汩汩而流的泉水，所以让它无声地潺潺而行，一切变得无声胜有声。

诗的第二句是说，小池畔的一棵棵绿树在阳光的斜照下，树荫在水面上，斑斑驳驳，仿佛在欣赏自己的婀娜多姿。一个"爱"字，也赋予了树以生命和情感，将其拟作爱美的少女，女生爱这晴阳下水平如镜的湖面，以展示自己的灼灼风华。

第三、四句是说，因为还没到盛夏，小小的荷叶刚刚从水面露出一个尖儿，一只小小的蜻蜓抖动着薄翼调皮地立在它上面。一个"才露"，一个"早立"，前后呼应，生动地展示了蜻蜓与荷叶两相喜悦、相倚偎的活泼情景。

一个小泉眼、一股细流、一池树荫、一片小荷叶、一只小蜻蜓，生活中几种平凡的小小事物经诗人的描摹，被绘成了一幅鲜活生动的初夏风景图，展现了大自然中万物皆能说话，皆能表现时令。诗人师法自然，用平易浅显的语言描摹大自然中平凡的景物和事物，观察敏锐细腻，表达精确灵动，以小见全，取景融情，融景入境，诗言中充满生活的气息。

（二）

凡到过杭州的人，都为西湖四时不同的美而赞叹。《晓出净慈送林子方二首》（其二）是一首描绘杭州西湖夏天六月里明媚风光的七言绝句。宋孝宗淳熙十四年（1187），杨万里在杭州任尚书省左司郎中。当时，江南的杭州已经酷暑炎炎，只在清晨还有一丝凉意。地处山水之间、西湖南边的净慈寺更为凉爽。六月某天的早晨，杨万里从净慈寺徐步而出，去送友人林子方到福建就任转运判官，他呼吸着凉爽的空气，漫步至西湖边，突然间满湖盛开的荷花映入了他的眼帘，一下子令其驻足。诗人被这荷、这叶征服，触景生情作了这首小诗。不曾想，这随口一吟的诗居然传诵近千年。

晓出净慈送林子方二首（其二）

毕竟西湖六月中，风光不与四时同。

接天莲叶无穷碧，映日荷花别样红。

诗的第一、二句是写，西湖六月的风光到底还是和其他时候都不尽相同。这两句很是率性，诗人一开口就说"毕竟"，虽然给人以突然之感，但是恰如其分地表现了诗人被闯入眼睛的满池荷花打动，也突出了所要描绘的"六月中"的景色，也体现了诗人触目兴叹、即兴吟成的口语化的特点，诗言平易浅白，为后两句作铺垫。

诗的第三、四句是写，荷叶密密层层，挨挨挤挤；与天相接，一

杨万里《晓出净慈送林子方二首》（其二）诗意图

望无际，而阳光照耀下的荷花是那样嫣红。六月不同于其他季节的最大特色是有那满湖的荷花。荷叶伸展到湖面尽头，与蓝天相融，故而"碧"就"无穷"了，而荷花在初阳的照耀下显得更加彤红，很是精神抖擞，所以"红"都是"别样"的，这体现了诗人细致入微的观察力和语言的深厚功力。叶是"无穷碧"的，花是"别样红"的，这一碧一红，色彩明丽，表达了诗人欢喜的心情。

整首诗如白描一般，清新干净，虚实相间，刚柔并济，有着"接天"和"无穷"的阔达境界。

◎ 诗人小传

杨万里（1127—1206），字廷秀，学者称诚斋先生，吉水（今属江西）人。宋高宗绍兴二十四年（1154）进士。出任永州零陵丞。宋孝宗期间，历任太常博士、太子侍读、秘书少监等职。宋光宗期间，出任秘书监、江东转运副使。一直主张抗金，师从南宋名相、抗金名将、民族英雄、学者，西汉留侯张良之后的张浚。杨万里性格正直，敢于谏言，因在政见上和韩侂胄相左，最后归居故里，悲愤成疾而去世。其诗初学江西诗派，后又学王安石，也学晚唐体。最终顿悟，终成一家，讲究活法，形成自己的洒脱明快、构思奇巧的诗风诗格，一生作诗很是勤奋，有两万余首，时称"诚斋体"。诗与尤袤、范成大、陆游齐名，称"南宋四大家"。有《诚斋集》。

七、朱熹——以诗喻理清如许

宋诗的特点是以文入诗、以议论入诗，这在唐诗中是极少见的。

议论中说理，非常难相融，但是朱熹的说理诗还是非常富有情趣的。人们常会想起《观书有感》，其诗一看就是说理诗，而《春日》诗更加形象，更为生动，更为自然，寓理于春景中，如临其境，所以《春日》便成了其中极为隽拔的一首诗，更因编入了《千家诗》而在近千年来一直广为传诵。朱熹写诗非常重构思妙运笔，注重文质统一。后人在欣赏这首诗的时候，大多偏重赏诗中描绘的春的形象，而略过了诗人本身想表达的含义，这是有失公允的，想来也在诗人朱熹的意料之外。

春 日

胜日寻芳泗水滨，无边光景一时新。
等闲识得东风面，万紫千红总是春。

整首诗是踏青游春赏春之作。诗的第一句是说，在一个晴天去泗水畔踏青寻春去了。"胜日"是时间，"泗水"是地点，"寻芳"点明了主题，接下去的三句都是"寻芳"所见、所闻、所得。"寻"字写出了诗人的闲情雅致，同时也给诗平添了不少灵动的情趣。

第二句诗是说，目光所及，春景一片广阔，且都是盎然的、崭新的、富有生机的，是诗人的所见所闻，"一时新"是出去"寻芳"所致，春天到处都焕然一新。"新"是春回大地、一片生意盎然的勃发景象。

三、四两句是写，经过"寻芳"带来的所见、所闻，接下来是所感、所得了。"东风"的面貌终于因为今天的"等闲"中"寻芳"而"识得"了！那就是"万紫千红"。阵阵东风拂面而来，无边无际的色彩缤纷且生机勃勃的鲜花，都是"东风"的容貌了，这些烂漫多彩的百花都由"东风"染成。整首诗写得浅显生动，清丽风雅。

其实深读这首诗，我们可以发现，诗中"泗水"暗指孔子授学之地，"寻芳"是寻圣人之道。"东风""万紫千红"等等也都是比喻，指用丰富多彩的孔学来教化和安宁这纷乱的年代。诗人将圣人之道比作催醒万物的"东风"，说理而不露痕迹，彰显其作诗功力，体现了朱熹在南宋这样的乱世中追求圣人之道的美好愿望，这是一首景秀情至、景中富理的一首好诗。

◎ 诗人小传

朱熹（1130—1200），字元晦，一字仲晦，号晦庵，别称紫阳，谥号"文"。祖居徽州婺源（今属江西），生于南剑州尤溪（今属福建），后迁徙到建阳（今属福建）考亭。宋高宗绍兴十八年（1148）进士。出任泉州同安县主簿。宋孝宗淳熙年间，知南康军，因浙东发生大饥荒，改任提举浙东茶盐公事。宋光宗年间，历任漳州知州、秘阁修撰等。宋宁宗初，出任为焕章阁待制。南宋时期理学家、思想家、哲学家、教育家、诗人。集北宋以来理学之大成，通经史、文学、乐律，对自然科学亦有所贡献。被后世尊称为朱子。朱熹所作的诗也非常富有意趣和理趣。著作颇丰，有《四书章句集注》《太极图说解》《通书解说》《周易本义》《诗集传》《楚辞集注》等，其中《四书章句集注》成为钦定的教科书和科举考试的标准。后人编纂有《晦庵先生朱文公文集》《朱子语类》等。

诗样年华 SHI YANG NIANHUA

日暮冬成雪

一、徐照——苦吟寒瘦映清池

"永嘉四灵"是属于"江湖派"的小诗人。"小"不是个子小，而是讲他们几个视野小、境界小，导致诗格也小，他们反对江西诗派，他们学唐诗，但鄙视并摒弃杜甫的诗风和诗格，专学姚合、贾岛的五律，主张"捐书以为诗""不用事"，工"清苦"。诗歌气派都很小，情意单调，变化鲜少，只重视写点灵秀的景致。徐照的《和翁灵舒冬日书事三首》虽然是和作，但不为和韵所困扰和限制，真情流露，诗句精心苦炼，受到世人赏识。原诗共三首，下面是第一首，在《芳兰轩集》中也是比较耐人寻味的诗篇，算是他的代表作。

和翁灵舒冬日书事三首（其一）

石缝敲冰水，凌寒自煮茶。

梅迟思闰月，枫远误春花。

贫喜苗新长，吟怜鬓已华。

城中寻小屋，岁晚欲移家。

诗题之中的"冬日书事"点出了时令，然后再引出所要讲的"事"来。首联写煮茶，诗人酷爱饮茶，即使在寒冷的冬天，他也会在石缝间凿冰取水，对着茶炉烹煮茶喝。此时的窗外天寒地冻，诗人和几个知心友人一起品茗的雅况显得非常"清淡"，也算是四灵追求的诗风。

领联写冬日的所见所想。已经是腊月了，"石缝"间都结了冰，

徐照《和翁灵舒冬日书事三首》（其一）诗意图

自然而然地想到梅花应该开了吧，但是抬头一看，枝头上还没有花开的影子，仔细一想，原来今年是闰月，冬天特别长，所以梅花还没开呢。远望又见萧瑟灰暗的树梢上那飘动的红色，想着是不是春花也开了，转念一想，梅花没有开，春花怎么会开呢，仔细一辨认，原来那是火红的枫叶，生动刻画了诗人煮茶时远望近看、东猜西想的神态。一"思"，想到是闰月；一"误"，才发现是枫叶。虚实相间都是反复推敲而成，就如《瀛奎律髓·冬日类》中纪昀评价的："故为寒瘦之语，然别有味。"该开的还没开，错把枫叶当成了春花，这从侧面反映了诗人对春天的向往。永嘉四灵的诗模仿晚唐的贾岛和姚合，极其讲究苦吟，诗风有意对立于江西诗派，但是"梅迟思闰月，枫远误春花"这两句的格律、炼字和江西诗派很接近。

颈联写诗人的心愿。颔联中的"思闰月""误春花"都表达了诗人希望温暖的春天早一天到来，严寒的冬天早一天过去的想法。因为自己家境贫寒，喝茶时远远望去，看到了"苗新长"，就希望春天快点来到，来年有个好收成。这是大部分贫苦农民的心愿。冬天由于闰月而变得太漫长了，又快到新年了，自己不觉"鬓已华"了。诗人一生"苦吟"作诗，直到两鬓斑白还是如此贫困，他不免自艾自怜起来。

尾联写诗人的想法。都快要贫穷得在农村里待不下去了，诗人产生了逃离农村的想法，想要搬去城里居住，免得看到这景色会触动忧愁。徐照"苦吟"的这首诗，尽管境界不宽广，风格也不高，但还别有一番风味在心头。

◎ 诗人小传

徐照（？—1211），字道晖，一字灵晖，号山民，永嘉（今浙江温州）人，布衣终身。和徐玑（号灵渊）、翁卷（字灵舒）、赵师秀（号灵秀）等人一样，标榜清瘦闲逸的诗风。四人互相唱和，结为同乡好友，并称"永嘉四灵"。徐照擅长写五律，诗风也以清苦为主调。有《芳兰轩集》。

二、徐玑——野逸清瘦见《新凉》

徐玑是"永嘉四灵"之一，四灵诗派写作的题材比较狭窄，主要写表现乡野闲逸的诗作。《新凉》这首七绝，很能代表四灵主张的白描风格。在徐玑的七绝中，这首诗最出色。

新 凉

水满田畴稻叶齐，日光穿树晓烟低。

黄莺也爱新凉好，飞过青山影里啼。

诗题是《新凉》，这首诗写的是初秋清晨的风景。

诗前两句全用白描手法：水灌满了稻田，而这时候的稻子刚抽穗，叶子挺挺拔拔，整整齐齐，好似一支支箭；旭日初升，霭霭轻烟笼罩着苏醒的大地，阳光穿透了树林。徐玑这两句诗，让曾经有农村经历的人眼前都会浮现出熟悉的乡间场景。这画面是视觉性的，将水色、阳光、绿树、雾霭都一一呈现并相互交融，融景生情，交织一体。诗句中的"满""齐""穿""低"等都是非常普通的字眼，但都非常准确地描述了初秋清晨的景物特征。将秋凉融进出现的事物中，从而由景述凉，这完全就是一幅活生生的初秋晨景图，不禁使人身临其境，

徐玑《新凉》诗意图

大口呼吸着乡间沁人心脾的空气。通篇没有讲述人，但是通篇仿佛都有人的影子，十分具有感染力。

第三、四句仍旧不直接写这初秋的凉意，第三句"黄莺也爱新凉好"虽然有"新凉"二字，但是没有提到人，而是从翩翩的黄莺联想到，黄莺是否也是因为熬过了炎夏之后，喜爱初秋这份沁入心扉的丝丝凉意，在晨雾迷蒙中展翅掠过青山，在山间欢快地啼鸣着。

整首诗以动喻静，用小黄莺来表达初遇秋凉的欢欣之情。水的白、稻和树的绿、日光的红、黄莺的黄和黄鹂的欢鸣声，有声有色，诗的意境就更加丰满了。整首诗的语言朴质且自然，画面给人以清新且明快的感觉。虽然四灵的主张有略小巧之嫌，但确有灵秀之气。

◎ 诗人小传

徐玑（1162—1214），字文渊，一字致中，号灵渊，晋江（今属福建）人，自其父时移居永嘉（今浙江温州）。历官建安主簿、永州司理、龙溪丞、武当令，改长泰令，还没赴任就去世了。诗同样以清苦为主，又善工书法。与叶适、杨万里游。"永嘉四灵"之一。有《二薇亭集》。

三、翁卷——简约清淡如四月

包括翁卷在内的"永嘉四灵"诗风清灵，诗格相对狭小，才气也偏弱，但作品中还是存在一种毓秀之气，给人以娴雅清新之美感。尤其在写景的诗作上，不浓墨重彩，不生涩造字，不依靠典故或成语点缀，好用白描手法，构成淡雅清新、空灵透脱的画面。翁卷作为"永嘉四灵"

中最年长的一位，他的诗风还是以苦吟出名，着力讲究修辞手法，但《乡村四月》这首小诗写得舒畅自然，寥寥数笔，给人以无尽的艺术享受。

乡村四月

绿遍山原白满川，子规声里雨如烟。

乡村四月闲人少，才了蚕桑又插田。

翁卷《乡村四月》诗意图

这是一首写初夏江南农村风光的诗。前两句写自然景象。先写乡村的静景，首句就大开大合，色彩鲜明。盈盈的绿色染遍了山间原野，莹莹的河水泛着天光，远远望去，一片白茫茫。江南在农历四月的时候已经一大片一大片浓浓的绿了，而温州是典型的丘陵地带，江南多雨，多水田，多江河湖汊，首句用颜色渲染画面是恰如其分的。绿是陆地，白是水面，尽管就绿、白两种颜色，但是色彩明丽动人，具有典型的江南地带初夏的特点。此句妙在"绿"后还加一个"遍"字，"白"后加一个"满"字，烘托出山水富有朝气的精神，使得江南漫山遍野的绿和一望无垠的水的画面无限扩大，非常有画面感。

诗的第二句点出了节令气候。细雨蒙蒙，如烟似雾地飘洒着，杜鹃啼鸣彻夜不停，啼鸣声短促且清脆，悲伤且凄然，唤起人们哀伤的情思。江南四月典型的雨是润物无声的细雨，加上这催农民耕种的杜鹃啼鸣声，和首句绿白相间的山川河流，便由静入动，显示了活泼的生机，一幅山村恬静图就呈现了。

第三、四句转笔写人，写农事繁忙的景象。江南乡村的四月怎么会有闲散之人呢？四月可是农村最繁忙的季节。农民们刚刚忙完采桑养蚕，又着急着赶时间下田去插秧了。诗人巧用含蓄蕴藉的艺术手法，巧妙地以旁观者的姿态观察到乡村四月周围的景致和农民紧张而有节奏的生活，与绿山盈水是和谐的，农民的辛苦用口语化的自然语言作了描述。"才了蚕桑又插田"中的两个虚词"才"和"又"用得很活，没有一个字说忙，但是忙碌自现。

整首诗有静有动，色彩鲜明，生动传神，一幅以自然美景和劳动场景为内容的乡村图跃然纸上。整首诗善用口语，好似《诗经·国风》中的民歌，但又比民歌来得有深意，表达了诗人对田园生活的热爱。

◎ 诗人小传

翁卷（生卒年不详），字续古，一字灵舒，永嘉（今浙江温州）人，宋孝宗淳熙十年（1183）登乡荐，终身为布衣。与同乡诗人徐玑（号灵渊）、徐照（字灵晖）、赵师秀（号灵秀）互相唱和，因他们的字或号中都带"灵"字，便并称"永嘉四灵"。"四灵"中，数翁卷年龄最大。翁卷的诗以清苦为主，有《西岩集》（一名《苇碧轩集》）。

四、赵师秀——精巧清爽似"鬼才"

赵师秀与他的同乡好友徐照、徐玑、翁卷并称"永嘉四灵",虽然名字列在"四灵"的末位,但从整体来看,他的诗才居四位之首。

约 客

黄梅时节家家雨,青草池塘处处蛙。

有约不来过夜半,闲敲棋子落灯花。

赵师秀《约客》诗意图

第一、二句是写,江南的黄梅季节在农历的四五月间,春夏之交,这时候恰逢江南梅子开始变黄,雨一直下个不停,江南俗称黄梅天。这雨在江南也称黄梅雨,青草边的池塘里传来了阵阵蛙鸣声。这雨声连绵,蛙声鸣闹,是自然界的声响,都是在屋外的。

第三、四句是写,屋内静静的,这样诗意的夜晚,诗人本来邀约了一位朋友,可惜一直等到半夜了朋友还没来到。诗人静静地等着等着,后来便百无聊赖地拿起棋子敲打,无意间都震落了成灰烬的灯芯。但还是不见朋友来。

前两句写春夏之间大自然雨闹、蛙闹，但是闹中有静，给人以恬静的感觉。后两句写室内的静，人静、烛静、夜静，但是静中有闹，可以听到棋闹，是诗人等待的焦急。"闲敲棋子"，这里的闲不是悠闲，而是因为等待中无聊了，无意识地敲打棋子，而棋子原本不是用来敲的，这显露了诗人焦躁不安的情绪。因为独自一人，所以无意识地敲响棋子，这无意识的动作，正是焦急意识不经意的表露。棋子敲着敲着而导致"落灯花"，表现了灯芯燃烧很久，诗人也等朋友很久的情形。"落灯花"和第三句中的"过夜半"两相呼应，从侧面反映了诗人等待客人的心切和落寞。

整首诗构思精巧，都是由整体到局部来作描述，由黄梅季节到某天半夜，由家家处处到室内灯下，然后从闹中取静到静中取闹来对比，朋友的叩门声久等不来，窗外的雨声和蛙声却清晰地传来，加上第四句"闲敲棋子落灯花"的传神一笔，表现了诗人因朋友雨阻失约而产生的无聊况味和孤寂失落的心情。

由此可见，赵师秀虽也主张清雅淡泊的诗风，其实诗里字间颇有精心布排的功力。

◎ 诗人小传

赵师秀（1170—1219），字紫芝、灵芝，号灵秀、天乐，永嘉（今浙江温州）人。宋光宗绍熙元年（1190）进士。历任上元县主簿、筠州推官等职。人称"鬼才"，被推为"永嘉四灵"之冠。晚年寓居钱塘（今浙江杭州），曾辑选唐诗集成《二妙集》和《众妙集》。有《清苑斋集》一卷。

五、姜夔——高雅脱俗酷魏晋

宋光宗绍熙二年（1191）除夕，姜夔从居住在苏州西南石湖的好友范成大的家，返回寓居之地湖州，有感于沿途所见，一气呵成写下了十首诗。下面是这组诗的第一首，写的是水程所见所感。

除夜自石湖归苕溪（其一）

细草穿沙雪半销，吴宫烟冷水迢迢。

梅花竹里无人见，一夜吹香过石桥。

姜夔《除夜自石湖归苕溪》（其一）诗意图

诗的第一、二句写远处所见之景。两岸的积雪已经融化了一半，茸茸且细柔的细草，已从沙地里悄悄地探出了头。河水静静悠悠地向前奔去，站在徐徐前行的船头，再回首苏州，只见原先是吴王宫殿的地方被弥漫的烟雾笼罩。"细草"已经"穿沙"，"雪半销"向大家预报了江南的早春已经到来，从景中见时令，又见景叙事，

167

事中寓情。萧瑟的吴宫暗喻了人事无常,诗人心中的苍凉之感渐浓,"迢迢"增强诗句的节奏,说明诗人重情重义,隔着"迢迢"水路也前去见面,现在又"迢迢"而归,也从侧面反映出诗人淡泊、清冷的个性。

第三、四句写近处所见之景。当时正值除夕,梅花盛绽,而水的两岸只见翠翠的丛丛竹林,不见梅花,但诗人闻到了一阵阵梅花的清香,他在梅香的陪伴下行过了一座座石桥。江南水乡的特征是水多、桥多,而苏州一带是梅花普植的地方,"梅花竹里无人见"是说,只见竹影不见梅影,想来这梅花一定是掩映在丛丛竹林间了。

整首诗将代表早春的细草、残雪,代表往事并不如烟的吴宫及寒烟,代表春寒的冷水、梅花,以及代表江南景致的绿竹、石桥这几种景物,巧妙无痕地罗列了出来。尤其是写梅花,虽然"无人见",但是却能"一夜吹香",颇有王安石"遥知不是雪,为有暗香来"的韵致和王安石写梅的功力。

姜夔从苏州水路行至湖州,写了十首诗,并把这十首诗寄给了杨万里。杨万里回信时说道,"有裁云缝雾之妙思、敲金戛玉之奇声",可见姜夔这组诗的功力深厚,修养情趣之清雅,能够将在水上行舟时之所见所感写得画面生动,语言清雅,构思清新,并令杨万里极度肯定和推崇,委实是姜夔诗中的代表作了。

◎ 诗人小传

姜夔(约 1155—1209),字尧章,号白石道人,饶州鄱阳(今属江西)人,寓居武康。一生未仕,游历于鄂、赣、皖、苏、浙之间,是早期江湖诗派的代表人物。其诗一开始学习江西诗派的鼻祖黄庭坚,后来自成特色。和范成大、杨万里颇有交游,诗词上均有唱酬。工诗词,精音律,能作曲,又擅书法。诗句自然,不觉纤巧。今有《白石道人歌曲》《白石道人诗集》《诗说》《续书谱》等。

六、林升——平易朴实忧汴州

宋钦宗靖康元年（1126），金兵入侵北宋，随后直逼首都汴梁，俘获了宋徽宗、宋钦宗两个皇帝。至此，中原被金兵侵占。宋高宗赵构一路被迫迁到江南，并在临安（今浙江杭州）即位，史称南宋。南宋朝廷没有因北宋灭亡而卧薪尝胆，立志收复失地，而是苟且偷生，对外软弱屈膝，对内镇压爱国将士，在政治上腐败享乐，达官显贵们一味追求声色。下面这首诗就是在这样的背景下题写在杭州一家旅馆的墙上，原诗无题，《题临安邸》是清人厉鹗《宋诗纪事》收录此诗时加的题目。而写这首诗的林升在当时也是默默无闻的，从侧面说明当时爱国人士纷纷对当朝无能的统治者产生了愤恨之心，表达了诗人对国家前途深深的忧虑之情。

题临安邸

山外青山楼外楼，西湖歌舞几时休？
暖风熏得游人醉，直把杭州作汴州！

第一句写西湖美景。在美丽的西湖边上，青山之外还是青山，重峦叠嶂；高楼之外还是高楼，高耸入云，金碧辉煌。寥寥数字就将西湖的自然美景和建筑素描般地从远到近进行了描摹。"楼外楼"三字，描述了当时作为南宋都城的杭州的繁华，高楼鳞次栉比。

第二句点明西湖边轻歌曼舞无休止的场景。诗人愤慨道：西湖旁

林升《题临安邸》诗意图

载歌载舞、奢靡享乐、醉生梦死的场景什么时候能够停止？一句反问，突出了爱国志士对当政者沉浸在及时行乐中、不思国家前途安危的行为的愤怒。

第三、四句写人的情态。扑面而来的暖暖春风熏得游人们都要昏昏欲睡了，都忘记了昨日的丧国之痛，忘了这国恨家仇，忘了当初要收复中原之愿，把这暂时避难的杭州当作了都城汴梁。"醉"字无情地描摹了统治者和达官显贵们醉生梦死的群像。诗人非常担心这样下去，南宋会和北宋一样重蹈覆辙。最后一句直接而又犀利，把爱国志士义愤填膺的心情和对国家前途的忧虑表露无遗，无情地给当政者敲响了警钟，引起了很多爱国将士和平民百姓的强烈共鸣，有很强的艺术感染力。讽刺意味非常浓，表达又不生硬，明喻和暗喻并用的艺术手法，尽显诗人的担忧和愤慨，同时这首题在杭州一家旅店墙上的诗成了妇孺皆知、广为流传的和西湖相关的诗作之一。

◎ 诗人小传

林升（生卒年不详），字云友，又字梦屏，号平山居士。温州平阳（今浙江苍南）人。

七、戴复古——清健轻快映世事

"江湖诗派"是于南宋后期在"永嘉四灵"后逐渐兴起的一个诗派，因书商兼诗人的陈起刊刻编印的《江湖集》一书而得名。江湖诗人们和书商陈起私交甚笃，陈起帮助刊刻并销售《江湖集》等书，《江湖集》内汇集的诗的风格都类似，所以就统称这些诗人为"江湖诗派"。书里所录的诗人绝大部分是布衣或者身份卑微的小官吏，这些诗人主张隐逸，讥讽朝政，不与朝廷为伍。力求平叙流畅，反对用典，喜欢仿古体乐府，或雄放，或古朴，或精巧。其中比较有成就的是戴复古和刘克庄。总体来说，江湖诗人的诗境界不高，气势略弱，提倡直叙后未免疏于锤炼，诗言略显粗糙，诗意略显直白。

戴复古受陆游的影响颇深，他终生游历于江湖，继承了杜甫、陆游的诗格，反映社会现实，很多诗含有感怀国事之情，语言浅白有味，沉郁中又有雄浑之风。宋人包恢说他"以诗鸣东南半天下"。《江阴浮远堂》是他登江阴浮远堂所作。

江阴浮远堂

横冈下瞰大江流，浮远堂前万里愁。

最苦无山遮望眼，淮南极目尽神州。

戴复古《江阴浮远堂》诗意图

第一、二句写诗人登上横冈，在因苏轼作"江远欲浮天"诗句而得名的浮远堂前见长江、望长江，抒发感受。意思是说，诗人登上了横冈，俯视着滔滔东流去的长江水；站在浮远堂前，极目远望万里江山，心里充满无限哀愁。诗人因见滚滚长江而引愁，接着以滔滔江水来喻愁。万里长江万里愁，滔滔江水东去，滔滔愁自流。"万里愁"出自唐人许浑《咸阳城东楼》中的"一上高城万里愁"。"愁"是无形之物，用形容长江长的抽象数字"万里"，更加烘托出诗人心中对国家的忧愁多且深，显得真切非常。

第三、四句是写登楼北望，淮南以北这一大片望不到头的大地都应该是我们神州的，而今却被金人侵占。最使诗人感到悲痛的是，在向已经沦陷的淮南眺望时，眼前居然没一座青山来遮挡他的视线。诗的三、四句打破了历来登临诗的写法和表达。因为登高是为了望远，而这一次戴复古登高因没有山遮挡就看到了被金人侵占的中原领土，心里倍感痛苦。诗人通过不想看见更加深沉地表达了对中原故土的怀念。

戴复古还作了一首名为《盱眙北望》的诗："北望茫茫渺渺间，鸟飞不尽又飞还。难禁满目中原泪，莫上都梁第一山！"字里行间也表达了其对无法再收复的沦陷的北方国土的深深悲伤。

◎ **诗人小传**

戴复古（1167—?　），字式之，号石屏，台州黄岩（今浙江台州市黄岩区）人。喜欢浪迹江湖，四方游历，诗名在公卿间很有名气，终身未仕。卒年八十余。曾经跟随陆游学诗，同时也受到晚唐体的影响，以作诗出名。在江湖间五十年左右，是江湖派中的重要作家。今存《石屏诗集》《石屏词》。

八、叶绍翁——清新高远关不住

叶绍翁是南宋"江湖派"中最有才气的诗人之一。但是真正使这位诗作流传非常少、当时名不见经传的普通诗人进入名家诗人之列的，还是这首令人回味的七言绝句《游园不值》。这首万口传诵的诗，是诗人去朋友家拜访，不巧朋友不在，大门紧闭，看到溢出院墙外的春景有感而发写就的。不曾想一诗成名，清代曹庭栋的《宋百家诗存》评价这首诗当时"虽村巷妇稚皆能诵之"。

游园不值

应怜屐齿印苍苔，小扣柴扉久不开。

春色满园关不住，一枝红杏出墙来。

诗的第一、二句是说，诗人到了朋友家园子外，只见一段土墙围绕，两扇柴门紧闭着，他轻轻地敲了园子的门，许久也不见有人来开门，

叶绍翁《游园不值》诗意图

没人理睬站在园子门外的诗人。"应怜"的猜想说得很有趣味，说大概是园主人非常爱惜园内绿莹莹的苍苔，怕"我"的屐齿在上面留下踩踏的痕迹，这也回应了诗题中"游园不值"的原因，也就是没有遇到园子的主人。景中有情，诗中有人，从中侧面烘托出叶绍翁的朋友是心性高洁、怡情自然之人。

第三、四句是说，这两扇柴门怎么能关住那满园的春色？这不，一枝俏皮且艳丽的红杏斜斜地探出墙来，真乃一经入了眼，就再难以忘怀了。诗人这句"一枝红杏出墙来"是活用了唐代吴融《途中见杏花》中的"一枝红杏出墙头，墙外行人正独愁"。诗人先以无法进园的遗憾作铺垫，再写抬首突然看到一枝红杏出墙的惊喜，深深感受到了"春色满园关不住"。"关"字烘托出春天生意盎然的开朗景致，和红杏的"出"字遥相对应，更加展现出春天的勃勃生机，令人精神抖擞。一个"关不住"，导致"出墙来"，不仅抓住了这满园早春景色的特点，而且突出了早春生机勃发的重点。红杏的鲜活、俏艳更赋予了春天崇高的灵魂美,诗人描绘春景以少胜多,收到了妙不可言的艺术效果,将欣赏春天的无穷余味体现了出来。

在整首诗中,诗人虽然面临"游园不值",但是淡然处之,他对已经发生的事情心怀淡然,且能够从另一个侧面去发现生活中诗意的美。诗句中不仅仅景中含情,更重要的是景中含理,引人联想,从而予人启示和鼓舞,即美好向上、有顽强生命力的新生事物是无法关住的。"春色满园关不住,一枝红杏出墙来"这两句,委实逗人情趣,耐人寻味,堪称千古佳句。

◎ **诗人小传**

叶绍翁(生卒年不详),字嗣宗,号靖逸,龙泉(今属浙江)人,祖籍建安(今福建建瓯),是南宋中期的江湖派诗人。原姓李,少时因家道中落,过继给龙泉姓叶的人家。和真德秀是好友,隐居在西湖畔,著有《四朝闻见录》,记述宋高宗、宋孝宗、宋光宗、宋宁宗四朝逸事,可以补正史之阙,因有一定的史料价值而被收入《四库全书》。今存诗集《靖逸小集》等,其诗语言清雅,意境阔远。

九、刘克庄——冷峻醇厚催人省

开禧二年(1206),宋宁宗下令首相韩侂胄主持北伐,结果伐金大败,宁宗最后杀韩向金乞和。开禧三年(1207)十一月,和约谈成,订下了《嘉定和议》。宋朝对金朝提出的停战条件全盘接受,金、宋改称伯侄之国,岁币增至银绢各三十万两（匹），犒劳军钱银三百万两。宋宁宗嘉定元年（1208），条约正式实行，让本来就不是很富裕的宋朝一下子经济紧张起来。爱国志士对国家的前途深表担忧，对朝廷的无能表示极大愤慨和不满，刘克庄这首《戊辰书事》就是在这样的背景下写就的。

戊辰书事

诗人安得有春衫？今岁和戎百万缣。

从此西湖休插柳，剩栽桑树养吴蚕。

刘克庄《戊辰书事》诗意图

诗的第一句用反问起句：诗人从哪里能再寻到一块绸缎来做一件需要穿的青衫呢？读书人与一般平民百姓区别的特征之一就是一件青衫，青衫是读书人的象征，更代表了士子们的一种体面。这一句意味着诗人今年想穿一袭青衫都没有衣料来做了。一句反问代表着诗人内心的一种愤慨，他劈头劈脑地质问当政者。且其以小见大，从青衫这件小事更反映出，这不仅是读书人的颜面尽失，其实连国家的颜面也被朝廷丢尽了。

诗的第二句指出，没有青衫做的原因是今年与敌人签订了这耻辱的和约，年年要向金朝上贡数百万匹的绸绢，把做青衫的丝绸都白白孝敬金朝去了。第一、二句是诗人有意倒装，突出了对朝廷无能和小人谗言的愤愤不平。此外也反映出，连读书人都没有青衫可做了，那么百姓就更加苦了。

第三、四句是说，诗人心生奇想，强烈建议一味忍让和退让的朝廷：从此以后西湖边不要再种什么杨柳了，统统拔掉吧，全部种上桑树，用来饲养吴蚕，以填补绸缎的空缺，填补欺凌宋朝的金朝的无限沟壑吧！诗人用这样的奇想来加深心中对朝廷无能的愤慨，也希望朝廷能够不再歌舞升平，而是关注国家，关心民生。

整首诗不长，但是抓住了签订《嘉定和议》这一事件，表达了对朝廷不顾国家利益和百姓疾苦，向金朝进贡大量岁币和大量绸缎的愤慨之情。有一开头激烈辛辣的叱问，有黑色幽默的调侃，对于当朝的讽刺性很强，这首诗在南宋诗人对此协议签订后写的抨击诗中，可谓别有风味，铿锵有力。

◎ 诗人小传

刘克庄（1187—1269），初名灼，字潜夫，号后村居士，莆田（今属福建）人。靠恩荫入仕。宋理宗淳祐六年（1246）赐同进士出身。官至工部尚书兼侍读，以龙图阁学士致仕。谥号"文定"。曾经师从真德秀。早期作品受"四灵"影响颇深，甚至被认为是"四灵"的继承者，但刘克庄最敬佩诗人陆游，他的乐府诗充满对国家前程的忧愁、对朝政黑暗的抨击和无情揭露，诗风上继承了唐代新乐府诗人和陆游的传统。无论诗还是词均有感慨时事之作，在江湖诗人中官位最高、寿命最长、成就也最大。刘克庄的缺点是一味追求作品数量，未免略显粗滥，这也是江湖诗派的通病。今存《后村先生大全集》。

十、文天祥——意蕴深刻明大义

（一）

南宋景炎三年（1278）四月，流亡皇帝宋端宗十岁就驾崩了。七岁的卫王赵昺被立为帝，改年号祥兴，同年六月迁移到厓山。元人任命的蒙古、汉军都元帅是汉人张弘范，他率兵南下，直逼厓山；幸亏同为英雄的宋人张世杰抗御得力，厓山没有沦陷。十二月时，元兵在广东海丰北五坡岭俘获了文天祥。文天祥被俘获的第二年即宋祥兴二年（1279）正月过零丁洋时，元军元帅张弘范反复逼他招降在海上顽强抵抗的南宋将领张世杰，他就写下了这首诗证明自己誓效宋朝，爱国之心显见，感天动地。其诗是文天祥的代表作之一，收录在《指南录》中。张弘范看到这首诗后，对文天祥说："但称好人，好诗，竟不能逼。"

过零丁洋

辛苦遭逢起一经，干戈寥落四周星。

山河破碎风飘絮，身世浮沉雨打萍。

惶恐滩头说惶恐，零丁洋里叹零丁。

人生自古谁无死，留取丹心照汗青。

诗的前四句是对以往四年的追述和总结，非常慷慨悲壮。文天祥追述当年，自己为了报效宋朝，发愤读书最终考中状元，没想到国家遭遇元兵侵略，国家无力，自己变卖家产起兵抵抗。一转眼已过去四

文天祥像

年，这四年来一直孤军奋战。亲历国家命运颠沛流离，坎坷非常，自己同时也四处漂泊，历经艰辛，如同水中浮萍漂泊无依又遭雨打。文天祥明知国家飘摇，但还是为国家出生入死，百折不挠，希望有力挽狂澜的奇迹发生。与此同时，用词平稳，"风飘絮"比喻国家破碎不堪，"雨打萍"比喻自己风雨飘摇。"干戈寥落"充满了对苟且偷生者的愤慨之情，因爱国而起兵护国者屈指可数，导致他一直孤军作战，难以扭转乾坤，最终国破家亡。颔联对仗工整，比喻贴切，形象鲜明，充满着对国、对家的炽烈感情，即使在近千年后的今天，读罢也令人潸然泪下。

第五、六句写诗人自己的感触。想起景炎二年（1277）与元军交战，在惶恐滩节节败退撤离福建时，内心充满惶恐；时至今日，"我"被俘获押解在零丁洋时又显得多么孤独。文天祥巧妙地将地名和心理感受相结合，一语双关，表现出过人的谋篇功力，堪称诗史之绝唱。

第七、八句，层层递进，大声疾呼。自古以来，人活一生，到头来谁都会死亡，诗人时刻准备着为国就义，留下一颗赤胆忠心，流芳百世。文天祥写下这首诗后二十天左右，也就是南宋祥兴二年二月初六（1279年3月19日），南宋与元朝在厓山决战。宋朝战败，左丞相陆秀夫背着皇帝赵昺投海而亡，十万军民也相继投海殉国，维持三百余年的宋王朝至此彻底灭亡。可敬的是，爱国诗人文天祥最后以实际行动实现了自己的救国报国之志，三年后在燕京柴市就义。整首诗就是一曲慷慨激昂之壮歌，舍生取义之精神力量、爱国之悲壮情怀将永载史册。

（二）

文天祥被俘获后，在南宋祥兴二年（1279）押赴元朝的首都燕京（今北京）时，途经金陵（今江苏南京），羁留近两个月。金陵是六朝古都。回想宋朝兴盛时，金陵也是宋高宗巡行所到之处，再回想自己几年前在元军大举南下进攻宋朝时，也曾经全力以赴为挽救岌岌可危的赵宋王朝而变卖家产，招募将士，组织其积极抵抗入侵的元兵。谁曾料，自己壮志未酬，但国已破、家已亡，自己也成了阶下囚，诗人心中悲痛万分，百感交集。宋王朝已经灭亡，诗人离开南京时触景生情写下了这首诗，字里行间都充满了亡国之悲痛，自己慷慨赴死之悲壮。这也是其代表作之一。

金陵驿二首（其一）

草合离宫转夕晖，孤云飘泊复何依？
山河风景元无异，城郭人民半已非。
满地芦花和我老，旧家燕子傍谁飞？
从今别却江南日，化作啼鹃带血归。

第一、二句写景。首句以所在的离宫起句，金陵驿就是当年宋高宗的离宫改建的，诗人触景生情。当年繁华的离宫，时至今日却长满荒草，夕阳冷冷清清地斜照着，一片凄冷。荒草和夕阳寄托了诗人的亡国之悲。第二句是说，荒芜的离宫上空，一朵孤单的云朵漫无边际地飘来飘去，无依无靠。"孤云"出自陶渊明《咏贫士》的诗句"万族各有托，孤云独无依"，文天祥也以"孤云"自喻，映衬出国破家亡、无所可依的孤凉之感。

第三、四句议论。这山、这景都没有多大的改变，但是这里的城市、这里的百姓却已经面目全非了。这两句皆用典故，"山河风景元无异"活用"新亭对泣"，"城郭人民半已非"活用丁令威化鹤回辽东的典故，并采用对比的艺术手法，用青山绿水依旧在来反衬经战争摧残后的残垣、百姓家破人亡，极其悲痛中一气贯之，用典流畅自如，自现过人的才气，不愧负状元之盛名。

第五、六句继续写景。遍地飘洒的芦花，灰蒙蒙的和"我"一样苍老，房子都破败不堪了，让原来的燕子去哪里筑新的巢。这两句句句双关，善用比喻，借芦花之白比喻自己因过度悲伤而导致早生华发，随风飘零。刘禹锡所写《乌衣巷》中的"旧时王谢堂前燕"一句活用为"旧家燕子"，以比喻悲惨的人民，而人民流离失所，无处安身。情中有景，景中含情，沉痛感人。

第七、八句继续抒情。诗人现在要离别江南了，再来时，一定已经化成泣血的杜鹃来凭吊逝去的故国。就如文天祥写的《过零丁洋》诗，表达随时殉国的爱国之心，只是化直白为含蓄。诗人妙用宋玉《招魂》中的"魂兮归来哀江南"诗句，以及望帝化杜鹃的传说，含蓄地表达了自己将生死置之度外的决心，死了后再魂归故土，化泣血杜鹃来故土故国凭吊。文天祥这首诗通过怀古，集中迸发了他对亡国的悲痛之情和视死如归的英雄气概。

整首诗可谓悟得杜甫诗之精髓。文天祥非常崇敬杜甫的诗风和诗格，曾经集《集杜诗》一卷，所以文天祥的诗风也和杜甫一样，感情沉郁顿挫，善用典故，将典故活用为无痕，很是畅然自如。《金陵驿二首》（其一）表达了文天祥深沉且复杂、真挚且悲壮的情感，是一首用生命来泣写的诗篇。

◎ 诗人小传

　　文天祥（1236—1283），字履善，一字宋瑞，号文山，吉州庐陵（今江西吉安）人。宋理宗宝祐四年（1256）进士第一（即状元）。历任瑞州、赣州等地知州。宋恭帝德祐元年（1275），元兵东下，在赣州组义军，入卫临安（今浙江杭州）。次年任右丞相，出使元军议和，被扣留。后脱逃至温州。宋端宗景炎二年（1277）进兵江西，收复州县多处。不久败退广东。祥兴元年（1278）在五坡岭（今广东海丰北）被俘。在狱中誓死不屈，坚持抗争三年多，编《指南录》，作《正气歌》，后在柴市从容就义。遗著有《文山先生全集》。

参考文献

1. 缪钺等：《宋诗鉴赏辞典》，上海辞书出版社，2015 年。

2. 李梦生：《宋诗三百首全解》，复旦大学出版社，2021 年。

3. 钱锺书：《宋诗选注》，生活·读书·新知三联书店，2002 年。

4. 朱东润：《梅尧臣传》，华中科技大学出版社，2019 年。

5. 邵振国：《北宋文儒——欧阳修传》，作家出版社，2021 年。

6. 梁启超：《王安石传》，中国言实出版社，2014 年。

7. 王水照、朱刚：《苏轼评传》，长江文艺出版社，2019 年。

8. 徐徐：《满目青山黄庭坚》，二十一世纪出版社集团，2017 年。

9. 王海侠：《李清照传》，江西人民出版社，2021 年。

10. 朱东润：《陆游传》，华中科技大学出版社，2022 年。

11. 聂冷：《花红别样——杨万里传》，作家出版社，2014 年。

12. 吕维：《旷世大儒朱熹》，二十一世纪出版社集团，2019 年。

13. 陈衍：《宋诗精华录》，高克勤点校集评，上海古籍出版社，2019 年。

后　记

我自小就喜欢读诗，读唐诗，喜宋诗，十岁时发表的处女作是一首写母亲的七律诗。自此一直走在写古诗和辞赋的路上。当去年申报了宋韵文化项目的宋诗内容后，我再度走进宋代诗人的大门，买了大量关于宋朝、宋诗及宋人的书，我想尽可能地走进宋朝，接近宋诗，对话写宋诗的诗人。其间，我阅读了《知宋》《宋史》《宋论》《宋大事记讲义》《风雅宋》《欧阳修传》《王安石传》《苏东坡传》《苏轼评传》《陆游传》《杨万里传》《梅尧臣传》《满目青山黄庭坚》《李清照传》《宋诗举要》《宋代诗人别集校补与研究》《宋诗纪事》《宋诗鉴赏辞典》《宋诗话考》《宋诗选注》《宋诗钞》《宋诗精华录》等作品。虽然宋朝的诗人品质不尽相同，写作水平也不尽相同，但相同的是写诗的人，都怀有一颗关怀和悲悯万物的心。在学习和了解宋史和宋诗的过程中，自己的灵魂仿佛也穿越回了宋朝，走在宋朝的各个时期，同各个时期的诗人吟诗写字，面对面交流。心随着宋朝各个时期出现的诗人游走、漫谈。

走到北宋初，宋诗还有晚唐的影子，到宋初欧阳修改革，如沐春风，到北宋兴盛时出现了伟大的豪放派诗人苏轼。走着走着，走到了风雨飘摇中被金人所灭的残垣间，站在女诗人李清照旁，看着她流离失所却不失豪气地写着"生当作人杰，死亦为鬼雄"时，心中的痛楚无以复加。之后随着诗人们的脚步南渡到了临安，陆游这位伟大的爱国诗人，一生的壮愿未能实现，临终前还在想着何时收复失地。南宋当朝者的软弱，致使国家在政治上愈来愈弱，出现了不问世事的"永嘉四灵"和江湖派诗人……

在一次次和这些诗人相遇，一次次评赏其诗，使诗人的心魂得到再生的过程中，我似乎跟着这些诗人走完了宋朝三百一十九年的历史，随着兴盛转衰，心情也是喜怒哀乐皆有之，且随着宋朝兴衰变化而跌宕起伏。这些诗人写下的每一首诗都是对宋朝历史的诉说，更是履行一种对诗歌诗风诗格传承的使命。

宋诗风格多样，成就斐然。宋代诗人的多，以及宋诗的多，都是我始料不及的。思量了很久很久，我才十分艰难地从各个时期的诗人与其浩如烟海的作品中选取了具有代表性的二十八位诗人与他们的八十三首诗作，这自然不足以反映宋诗的全貌。因此，本书在选诗时，尽量关注到流派、风格的多样性，选择大家名家、名篇和小家的代表作，使这些诗大体上能反映整个时代的诗风及成就；本书在表述时，尽量运用一种简明扼要、平易晓畅的语言来表达诗人的所见所闻所思，这样既可以把握宋诗细腻而显内敛、朴素而见平易、隽永而富理趣的特征，也能够传达诗蕴含的内在精髓和历史背景。

一诗见一人，一诗见一心，一诗见一时代。在品赏各位诗人的不同诗风和不同性格时，顺便去了解诗人的品性，还可以在品赏间选择与自己喜欢的近千年前的诗人做朋友，在读诗、品诗的过程中让自己的心灵徜徉在千百年来留下的滔滔不绝的宋诗长河里。

等到写就最后一个诗人时，我拿起一杯尤溪红茶，走向窗前，向缀满桂花树荫间的蓝天和白云敬了敬，一敬大开大合的宋朝，二敬可爱可敬的宋人，三敬可豪可婉的宋诗。

在写作过程中，感谢在百忙之中学习之余为我画人物像的杭师大学生陈袯祎同学，令我深觉"扫眉才子笔玲珑"；感谢抽时间在工作之暇为我画插画的友人陈姿羽，令我"感动一沉吟"；感谢支持我看宋史写宋诗的家人，当我在晚上与周末坚持不下去的时候，让我深知"成功在久不在速"；感谢给我指点的浙江大学博士生导师李杰老师，令我在文章布局迷茫时，觉得"柳暗花明又一村"；感谢杭州出版社的余潇艨老师、夏斯斯老师、徐玲梅老师，几经帮助改校稿，让我体会到几位老师的"以大度兼容"。通过写宋诗还是深觉"才疏志大不自量"，文章文句也只是自己穿越宋朝和诗人们隔空对话后悟得的一家之言，如有不当之处，还望读者见谅。

是为后记。

沈晔冰写于海棠书斋

2022 年 10 月 28 日

"宋韵文化生活系列丛书"跋

2021年8月，省委召开文化工作会议，对实施"宋韵文化传世工程"作出部署。在浙江省委宣传部、杭州市委宣传部及上城区委宣传部领导和指导下，杭州宋韵文化研究传承中心牵头抓总，组织中心学术咨询委员会专家具体承担"宋韵文化生活系列丛书"编撰工作。

浙江省委始终高度重视文化强省建设，在深入推进浙江文化研究工程的同时，部署实施"宋韵文化传世工程"，着力构建宋韵文化挖掘、保护、提升、研究、传承工作体系，让千年宋韵在新时代"流动"起来，"传承"下去。在浙江省社科联的大力支持下，本套丛书被列为"浙江文化研究工程"重大项目。经过一年多努力，丛书编撰工作顺利推进，并取得阶段性成果。

丛书共16册，以百姓生活为切入点，力求从文化视角比较系统地叙述两宋时期与百姓生活密切相关的重要文明史实、重要文化人物与重要文化成果，期望通过形象生动的叙述立体呈现宋代浙江的文脉渊源、人文风采与宋韵遗音，梳理宋代浙江文化的传承发展脉络。这项工作，得到了省内外众多高校与研究机构的积极响应，也得到了史学界、文学界及其他领域众多专家学者的全力支持。各位专家学者承接课题以后，高度重视、精心谋划、认真写作，按时完成撰稿，又经多领域专家严格把关，终于顺利完成编撰出版工作。

在丛书编撰出版过程中，我们突出强调三方面要求：一是思想性。树立大历史观，打破王朝时空体系，突出宋韵文化的历史延续性，用历史、发展、辩证的眼光，从历史长河、时代大潮中把握宋韵文化历史方位，全面阐释宋韵文化特色成就，提炼其具有历史进步意义的文化元素，让每一位读者通过阅读这套丛书，对宋韵文化形成基本的认知，对两宋文化渊源沿革有客观的认识。二是真实性。书稿的每一个知识点力求符合两宋史实，注重对与文化紧密相关的经济、外交、军事、社会等领域知识的客观阐述，使读者对宋代文明的深刻内涵、独特价值及传承规律形成科学的认识，产生正确的认知。三是可读性。文字叙述活泼清新，图片丰富多彩，助力读者开卷获益，在阅读中加深对宋韵文化多层面、多视角的感知与体悟。我们希望这套成规模、成系列的通俗类图书的出版，能对全省宋韵文化研究与传承工作起到推动促进作用。

在丛书即将付梓之际，谨向参与丛书组织领导和撰稿的专家学者表示衷心的感谢！向所有为这套丛书编辑出版提供支持帮助的朋友表示诚挚的感谢！

"宋韵文化生活系列丛书"编纂委员会

2023 年 4 月 17 日